Le défi d'un milliardaire

JENNIE LUCAS

Le défi d'un milliardaire

Traduction française de
ANNE DAUTUN

Azur

HARLEQUIN

Collection : Azur

Titre original :
CLAIMING HIS NINE-MONTH CONSEQUENCE

HARPERCOLLINS FRANCE
83-85, boulevard Vincent-Auriol, 75646 PARIS CEDEX 13
Service Lectrices — Tél. : 01 45 82 47 47

www.harlequin.fr

ISBN 978-2-2804-1261-2 — ISSN 0993-4448

1.

Ares Kourakis ! Tandis que les vibrations de la musique et les pulsations des lumières envahissaient le night-club, ce nom se répandit, retentissant de plus en plus fort, au point de se muer en clameur. Enfin, le beau et célèbre milliardaire grec était à Star Valley !

Au spectacle des bavardages excités et des regards extasiés tournés vers le secteur VIP plongé dans la pénombre, Ruby Prescott leva les yeux au ciel. Un beau milliardaire ? À d'autres ! Elle savait que les milliardaires étaient toujours laids — sinon en apparence, du moins à l'intérieur. Aucun homme ne pouvait atteindre un tel niveau de fortune sans pervertir son âme.

Et puis, Ruby avait d'autres sujets de préoccupation. Tenir le bar était son troisième job de la journée, après une matinée passée à enseigner le ski à des gamins et un après-midi à tenir une boutique de vêtements. Elle n'arrêtait pas de bâiller alors qu'une longue nuit de travail l'attendait. Elle s'étira pour se dégourdir puis, se déplaçant le long du comptoir, servit les boissons aussi vite que possible.

De l'autre côté du bar, Lexie, une serveuse, lui souffla :

— Ares Kourakis ! C'est dingue qu'il soit venu, hein ?

— Il serait stupide de ne pas venir après avoir acheté une maison chez nous.

Ruby avait fait partie de l'équipe de nettoyage de cette demeure peu après que le célèbre visiteur l'eut acquise pour la bagatelle de trente millions de dollars. C'était un bel endroit — à condition d'aimer les chalets aussi vastes qu'un stade de football. Remplissant un énième verre avant de le poser sur le comptoir, Ruby dit avec aigreur :

— Ares… Quel prénom !

— Beau et riche comme il l'est, il peut porter celui qu'il veut. Je veux bien devenir Mme Ares Kourakis tout de suite ! déclara Lexie en redonnant du gonflant à ses cheveux. Quelle chance qu'il soit dans la partie du club dont je m'occupe !

— Une chance inouïe, ironisa Ruby. Selon la rumeur, il vient de rompre avec sa petite amie.

— Ah ? s'exclama Lexie, aux anges.

Déboutonnant un peu plus son chemisier blanc, elle récupéra son plateau et se hâta vers le carré VIP.

Ruby continua son service derrière le comptoir. L'Atlas Club était bondé ce soir, dernier jour du festival de cinéma qui, en mars, amenait une foule encore plus nombreuse que d'habitude. Il n'était pas rare de croiser des milliardaires à Star Valley, station d'hiver paradisiaque de l'Idaho et lieu de villégiature des célébrités fortunées.

Mais le prince charmant n'existait pas, Ruby le savait. Plus un homme avait de fortune et d'ambition, plus son âme était noire.

Une autre serveuse, essoufflée, se rua vers le bar.

— Il me faut trois mojitos : un sans sucre, un à la grenade et le troisième avec double dose de citron vert.

Ruby prépara rapidement les cocktails. Au moment où elle les disposait sur le plateau, elle repéra une jeune fille blonde en robe rouge ultra-courte qui tentait de passer inaperçue.

— Ivy ? lâcha-t-elle, sidérée.

Sa sœur de dix-neuf ans tressaillit.

— Euh… Salut, Ruby.

— Tu n'as rien à faire ici ! Tu n'as pas encore l'âge ! Comment as-tu réussi à entrer ?

Ivy répondit en s'empourprant :

— Je… Euh, j'ai dit à Alonzo qu'il y avait urgence au sujet de maman et qu'il fallait absolument que je te parle.

Paniquée, Ruby commença :

— Est-ce que mam…

— Tout va bien, la rassura Ivy. Elle dormait quand je suis partie. Mais j'ai appris qu'Ares Kourakis était ici.

Bon sang, sa sœur n'allait pas s'y mettre aussi !

— Tu ne parles pas sérieusement ! s'écria-t-elle.

— J'ai mon plan, déclara Ivy. Je vais le séduire. En m'y prenant bien, je tomberai enceinte et il m'épousera. Comme ça, nos soucis seront terminés.

Incrédule, Ruby la dévisagea.

— Tu es prête à prendre un risque pareil ? Tu veux tomber enceinte d'un homme que tu ne connais pas ?

— J'ai l'occasion d'avoir ce que j'ai toujours voulu et je ne la laisserai pas filer, contrairement à toi ! Tu parles de tes grands rêves, mais tu n'agis pas ! Tu n'es qu'une trouillarde !

Ruby dévisagea sa jeune sœur. Elle avait la sensation d'avoir reçu un coup de poing au creux de l'estomac.

— Je mènerai une vie de rêve, continua Ivy. Finis les soucis de factures. J'aurai des bijoux et je vivrai dans un palais !

Ivy, qui avait cinq ans de moins que Ruby, avait toujours été l'enfant gâtée de la famille. En la voyant à présent dans sa robe rouge moulante et ses talons aiguilles, Ruby réalisa avec un frisson que sa « petite » sœur avait grandi et était devenue très séduisante. Il n'était pas impossible qu'elle parvienne à réaliser son effarant projet.

— Je ne peux pas te laisser faire ça ! s'écria-t-elle.

— Essaye de m'en empêcher, pour voir !

Là-dessus, Ivy s'éclipsa dans la foule.

Un instant, Ruby resta pétrifiée. L'épuisement, le choc, la peur — toujours près de surgir depuis le diagnostic sur l'état de santé de leur mère — lui brouillaient l'esprit. Manipuler Ares Kourakis pour s'en faire épouser… Ce projet n'était sûrement qu'une mauvaise blague. Ivy n'allait tout de même pas vendre son corps — son *âme* — à un homme qu'elle n'aimait pas pour la seule raison qu'il était riche !

— Attends ! s'écria soudain Ruby.

En voulant rattraper sa sœur, elle heurta Monty, son collègue barman, qui envoya valser une bouteille de vodka vide. Celle-ci se brisa en mille morceaux sur le sol. Monty émit un juron sonore.

— Mais qu'est-ce qui t'a pris ? souffla-t-il.

Le cœur battant, Ruby saisit un balai et se hâta de nettoyer les débris.

— Monty, remplace-moi une minute, dit-elle.

— Quoi ? Tu plaisantes ?

— Merci, le coupa Ruby.

Elle sortit du bar, et se dirigea à grands pas vers la zone réservée aux VIP. Sur la plate-forme qui surplombait le club, elle aperçut sa sœur en robe rouge, déjà attablée avec un homme brun d'une beauté peu commune : Ares Kourakis.

Comme s'il avait senti le regard de Ruby posé sur lui, le milliardaire se retourna. Ses yeux bruns sardoniques la transpercèrent. Le souffle court, submergée par une onde de chaleur, elle sentit soudain une peur étrange la gagner. Même le patronyme de cet homme — qui empruntait son prénom au dieu grec de la guerre et dont le nom s'achevait par *kiss*, « baiser » — était dangereusement sexy !

Elle se secoua, se demandant avec une ironie railleuse d'où lui venaient de telles pensées. Soit, la rumeur disait vrai : cet homme était beau. Et alors ? Il devait être d'autant plus égoïste. Et dénué de cœur ! Serrant les mâchoires, elle continua d'avancer.

*
* *

Ares Kourakis, milliardaire de trente-six ans, unique héritier de la dynastie d'armateurs du même nom et playboy de renommée mondiale, s'ennuyait à mourir.

Il laissa errer son regard sur le night-club. Ici aussi, dans ces lointaines montagnes de l'Ouest américain, il retrouvait le scotch de luxe, la musique électronique lancinante, partout identiques de Stockholm à Singapour. Et toutes les habituées des *dance clubs* étaient interchangeables. Leurs yeux, qu'ils soient bruns, bleus, noirs ou verts, brillaient toujours du même éclat avide, les révélant prêtes à tout pour le posséder. Pour s'emparer de son argent. De son statut social. De son corps.

Pour ce qui était du dernier point, Ares ne s'en était jamais formalisé. En général, il jouissait de ce qu'on lui offrait sans culpabilité. Les croqueuses de diamants savaient ce qu'elles faisaient ! Elles espéraient l'enjôler, usant de leurs charmes pour l'entraîner dans l'enfer du mariage. Mais il maîtrisait les règles du jeu. Il y excellait, même, et y avait pris plaisir pendant de nombreuses années. Jusqu'à tout récemment.

Il avait été très occupé pendant l'hiver, voyageant sans cesse pour prendre en main l'une ou l'autre de ses nouvelles entreprises. Il n'avait pas eu le temps de séjourner dans le chalet acheté à Star Valley quelques mois auparavant afin d'avoir un lieu de détente loin de New York. Puis sa maîtresse, Poppy Spencer, l'avait supplié de l'accompagner au festival du film de Star Valley, où devait avoir lieu la projection de son premier long-métrage.

Poppy était une petite blonde de trente-cinq ans, belle et glamour. Riche héritière, elle n'avait nul besoin de travailler et papillonnait d'un job à l'autre, démissionnant à la moindre difficulté. L'an dernier, au milieu des festivités mondaines de la saison des Oscars à Hollywood, elle avait décidé de devenir star de cinéma. Elle avait financé elle-même son long-métrage, dont elle était la scénariste, la productrice, la réalisatrice et l'actrice unique. Monologue de trois heures en noir et blanc, c'était à l'en croire un film « capital ».

Mais la veille, lorsque son film avait été descendu en flammes, et même hué, Poppy avait été mortifiée. Elle avait pleuré à grosses larmes au chalet, exigé qu'Ares l'emmène au Népal où elle voulait « disparaître ». Son visage s'était soudain éclairé à la perspective d'effectuer l'ascension de l'Everest et de devenir une alpiniste adulée.

Ares ayant refusé de tout laisser en plan pour elle, elle avait rompu, l'accusant de contrarier ses rêves. Elle était si furieuse qu'elle avait consenti à voyager en classe économique pour quitter Star Valley.

Ares était resté. Il venait d'arriver. La ville lui plaisait, et il n'avait pas encore eu l'occasion de faire du snowboard. Même si la neige commençait à fondre sous le soleil de mars, il voulait se détendre un peu avant de partir pour Sydney ! Que diable serait-il allé faire au Népal ? D'autant que Poppy décréterait vite qu'elle détestait l'alpinisme et préférait devenir profileuse, comme dans une série télé !

Poppy était parfois amusante, et douée au lit. Surtout, elle n'avait pas d'exigences sentimentales, ne l'interrogeait jamais sur son enfance ni ne manifestait d'intérêt pour ses pensées — sauf si elles se rapportaient à elle. Elle était superficielle, et il s'en accommodait à merveille.

Il était content qu'elle soit partie, réalisa-t-il. Il y avait belle lurette qu'il s'ennuyait. Pas seulement avec Poppy, mais en toutes circonstances, et avec tout le monde. Il avait consacré quatorze années à transformer l'empire maritime dont il avait hérité à vingt-deux ans en une vaste entreprise internationale qui faisait commerce d'à peu près tout, des boissons gazeuses à l'huile de moteur. Kourakis Enterprises était la passion de sa vie. Mais même ça, ces derniers temps, avait perdu de son intérêt.

Assombri, Ares tenta de refouler ce sentiment. Comme il l'avait désiré, il avait passé cette journée en montagne, mais cela n'avait pas été aussi agréable qu'il l'avait cru. Partout où il était allé, des femmes avaient skié en coupant sa route, pouffant de rire et se retournant pour lui décocher des regards enjôleurs. À la fin de la journée, sa mauvaise humeur était à son comble. Alors, pour son dernier soir à Star Valley, il avait résolu de sortir pour se changer les idées, en quête d'une rencontre avec une femme séduisante qu'il ne serait pas obligé de revoir ensuite.

Pourtant, tandis qu'une jeune femme blonde attablée face à lui lui contait une histoire assommante, il se rendit compte qu'il s'était complètement fourvoyé ! Le mieux était de partir pour Sydney dès ce soir. Demain, il dirait à Dorothy de remettre le chalet en vente.

— Excusez-moi, dit-il d'un ton sec, interrompant la blonde.

Il mit de l'argent sur la table pour payer son scotch à peine entamé, apporté par une serveuse au sourire forcé. Il repoussa son fauteuil et se leva. Soudain, il se figea, parcouru d'un étrange frisson.

Il venait de la voir, à l'autre bout du club. Et il lui sembla que le temps était suspendu. Les flashs de lumière, la musique obsédante, les danseurs frénétiques, tout cela se brouillait. Il n'y avait plus que cette femme. Cette *déesse*.

De superbes cheveux noirs tombaient en vagues souples sur ses épaules. Elle avait de grands yeux sombres, frangés d'épais cils noirs. Une bouche pleine en forme de cœur, d'un rouge profond.

Elle n'était pas vêtue comme les autres femmes. Au lieu d'avoir une tenue courte, moulante et très échancrée, elle était à la fois sexy et candide avec son petit haut sans manches en vichy, noué à la taille. Il effleurait les courbes pleines de son corps, de ses seins généreux à sa taille fine, s'évasant sur ses hanches gainées d'un jean moulant. Et cette femme divine venait tout droit *vers lui*, constata-t-il, la bouche sèche.

Georgios, son garde du corps, la stoppa au bas des marches. À table, la jeune femme blonde n'avait pas cessé de parler. Mais Ares avait oublié sa présence. Se rasseyant dans son fauteuil, il lui dit abruptement :

— Vous devriez partir.

— Partir ? fit-elle. Chez vous, c'est ça ?

Sans lui prêter attention, il adressa un signe à Georgios, qui laissa passer la somptueuse brune. La déesse aux yeux en amande grimpa les quelques marches qui la séparaient de lui, et il savoura le balancement de ses hanches. Qu'est-ce qui suscitait sa fascination ? se demanda-t-il. Son sex-appeal dans ces vêtements d'apparence pudique ? Son corps époustouflant, ses yeux expressifs ? Quoi qu'il en soit, elle l'attirait comme un aimant. Son ennui s'était dissipé. Et, alors qu'elle s'avançait vers lui, il avait le souffle court.

Mais la belle brune le regarda à peine. Elle se tourna d'un air accusateur vers la blonde attablée près de lui.

— Bon, viens, on s'en va, lâcha-t-elle.

La blonde, qui avait soudain l'air d'une adolescente rétive, lança :

— Tu n'as pas d'ordres à me donner, Ruby !

Ruby. Un beau nom de pierre précieuse pour une princesse effrontée capable de convaincre n'importe quel homme de croquer la pomme, fût-elle empoisonnée. Elle se montrait déjà autoritaire, mais Ares ne s'en formalisa pas. Et il n'aurait pas été fâché de chasser la blonde, à laquelle il s'efforça de dire courtoisement :

— Oui, il faut vous en aller. Je payerai volontiers vos consommations de la soirée, mais…

— Vos consommations ? coupa Ruby en dardant sur lui son regard coléreux. Ma sœur n'a pas l'âge légal pour boire de l'alcool, monsieur Kourakis. Comment osez-vous lui en proposer ?

— Votre sœur ? Pas encore l'âge ?

Ares regarda tour à tour la jeune fille blonde puis la déesse, qui dominait la scène d'un air furibond. Il comprit enfin de quoi il retournait.

— C'est pour ça que vous êtes venue ?

— Je vous rends service, monsieur Kourakis, dit Ruby. Ivy avait l'idée *géniale* de vous séduire et de vous faire un enfant dans le dos pour vous contraindre à l'épouser, figurez-vous !

Ares resta sidéré. Pas à cause du projet de la blonde, mais en raison de l'honnêteté dont la déesse faisait preuve.

— Tais-toi ! cria la blonde. Tu gâches tout !

— Elle voulait épouser un milliardaire. *N'importe quel* milliardaire, continua Ruby d'un air presque dédaigneux. Je vous prie d'excuser sa stupidité. Elle n'a que dix-neuf ans.

Le regard qu'elle lui jeta était plus parlant que des mots : *Comment un homme de votre âge peut-il sortir avec une adolescente ?*

Il se fit l'effet d'être vieux, à trente-six ans à peine.

— Je te déteste ! cria la blonde.

Ruby se tourna vivement vers sa sœur.

— Ivy, rentre à la maison ! Ou je charge Alonzo de te jeter dehors !

La résistance d'Ivy s'effondra en voyant l'expression de sa sœur. Elle se leva et s'éloigna d'un pas rageur.

— Et ne t'avise surtout pas de raconter à maman ce que tu as voulu faire ! hurla Ruby à son adresse.

Elle se tourna de nouveau vers Ares, une note d'humour incurvant ses lèvres si appétissantes.

— Désolée de vous avoir dérangé, monsieur Kourakis. Je vous souhaite une bonne soirée.

Comme elle allait s'éloigner, il la retint par le poignet. Au contact de sa peau douce, il fut inondé d'une vague de chaleur. Et il perçut son soupir étranglé au moment où il la toucha.

— Attendez, lui dit-il.

— Que voulez-vous ?

— Prenez un verre avec moi.

— Je ne bois pas.

— Alors, que faites-vous dans ce bar ?

— Je travaille ici.

— Prenez une courte pause. Votre patron comprendra.

Levant sur lui son regard franc, elle répondit :

— Non.

Il fronça les sourcils.

— Êtes-vous fâchée parce que je parlais à votre sœur ? Je ne m'intéressais pas du tout à elle, vous savez.

— Tant mieux, fit-elle, se dégageant et s'éloignant déjà.

— Attendez. Vous vous appelez Ruby ? Ruby comment ?

Elle lâcha un rire bas qui le remua jusqu'aux entrailles.

— Cette information ne vous sera d'aucune utilité.

— Mais vous connaissez mon nom !

— Malgré moi ! On ne parle que de vous. Apparemment, vous êtes une prise de choix, dit-elle, sardonique.

Ares n'avait jamais subi une rebuffade aussi radicale, de la part d'aucune femme. Il tenta de comprendre.

— Vous êtes mariée ?

— Non.

— Fiancée ?

— Je *travaille*, répéta-t-elle. Mes collègues attendent leurs commandes.

Il la dévisagea.

— Vous préférez réellement travailler plutôt que de prendre un verre avec moi ?

— Si je ne fais pas mon travail, les pourboires s'en ressentent. Et, par voie de conséquence, ma capacité à payer mes factures. Tout le monde ne possède pas une maison de trente millions de dollars.

Ainsi, elle était au courant pour sa maison. Elle avait même mémorisé le prix. Encouragé, il étendit un bras sur le dossier du siège proche du sien, en une pose suggestive.

— La plupart des femmes quitteraient leur travail sur-le-champ pour passer une soirée avec moi…

— Eh bien, prenez donc un verre avec l'une d'elles ! fit-elle, descendant les marches sans jeter un regard en arrière.

Stupéfait, Ares ne percevait que confusément le son lancinant de la musique. Il regardait à peine les femmes en robes moulantes et talons vertigineux qui s'exhibaient au bas de l'estrade en lui lançant des œillades provocantes. Il jeta un regard vers Georgios, qui leva les yeux au ciel. Il pensait la même chose que lui : même musique. Même club. Même public.

À une exception près.

Qui donc était cette Ruby, et pourquoi, tout à coup, Ares ne pouvait-il pas imaginer d'autre issue à cette soirée qu'avec cette jeune femme, dans son lit ?

Il se leva et dit à son garde du corps qu'il pouvait partir. Le visage de Georgios s'illumina. Il allait sans doute téléphoner à sa femme à New York, probablement encore debout avec leur nouveau-né.

— Dois-je laisser la voiture ?

— Non, je me débrouillerai. Mais dites au pilote que je tiens à partir à la première heure, demain.

— Bien sûr. Bonne nuit, monsieur Kourakis.

Ares traversa le night-club, alors que la foule se fendait en deux devant lui. Les hommes le considéraient avec envie, les femmes avec désir. Mais il n'avait qu'un seul objectif.

Lorsqu'il atteignit le bar, un siège libre apparut devant lui comme par magie et il s'y installa comme si cela lui était dû.

Ruby leva les yeux, derrière le bar. Elle parut surprise, puis agacée.

— Que faites-v…

— Dites-moi votre nom.

— Prescott, répondit une serveuse, ignorant le regard noir que lui lançait Ruby. Ruby Prescott.

Enfin du progrès !

— Joli nom, approuva Ares. J'en ai assez du scotch. Je prendrai une bière. Une pression, quoi que vous ayez.

— Pas un scotch de quarante ans d'âge ? Juste une bonne vieille bière ordinaire ?

— Peu m'importe la boisson. Du moment qu'on prend un verre ensemble.

Ruby le fusilla du regard et lui servit la bière la moins chère, en prenant soin de laisser beaucoup de mousse. Il avala une longue gorgée, puis essuya la mousse sur ses lèvres.

— Délicieux…

Ruby se détourna, circulant le long du bar, préparant les commandes avec une rapidité impressionnante, saisissant verres et glaçons au vol. Un vrai ballet.

Sirotant sa bière, Ares la contemplait. Ses seins généreux étaient superbes. Il jaugea d'un air approbateur ses bras fins, la jolie courbe de sa nuque. Il n'avait jamais vu de femme aux rondeurs aussi voluptueuses, et ses fesses donnaient envie d'y poser les mains. Il réprima un gémissement comme un flot de visions érotiques envahissaient son esprit.

Mais Ruby Prescott avait d'autres charmes, plus subtils. Ses épais cils noirs qui palpitaient contre sa peau claire. Le frémissement de ses lèvres, d'un rouge rubis comme son prénom. Il y avait aussi ses longs cheveux, noir corbeau, qui ruisselaient dans son dos. Le dessin harmonieux de son épaule nue. L'éclat furibond de ses yeux sombres, qui venaient croiser son regard d'un air accusateur.

— C'est un jeu pour vous, c'est ça ?

— Qu'est-ce qu'il y a ? demanda-t-il en continuant à siroter sa bière. C'en est un pour vous ?

— Si vous supposez que je fais la difficile, vous vous fourvoyez, déclara Ruby, plantée en face de lui de l'autre côté du bar. Pour vous, je suis *hors de portée.*

Elle lui jeta un regard farouche, aussi fulgurant qu'un éclair dans un ciel d'orage. Sa poitrine se soulevait à un rythme rapide. Elle ne savait même pas qu'elle était belle, pensa-t-il. Elle n'en avait aucune idée. Et, contrairement à tous ceux qu'il rencontrait, elle n'était pas du tout impressionnée par lui.

Il sut à cet instant-là qu'il la lui fallait. Ce soir.

Quoi qu'il en coûte, il séduirait cette femme.

2.

Que cherchait ce satané milliardaire grec ? se demanda Ruby, étrangement tendue sous ce regard masculin qui ne la lâchait pas.

Elle n'arrivait pas à concevoir qu'un homme tel qu'Ares Kourakis prête attention à elle. Il pouvait avoir toutes celles qu'il voulait ici — les starlettes du festival, les escortes de la station de ski, les riches débutantes de retour des Alpes françaises. Il était impossible qu'il s'intéresse à une fille aussi ordinaire qu'elle ! Mais pourquoi, alors, était-il au bar, ne regardant nulle autre qu'elle et buvant sans protester la pire bière du monde ?

Monty et l'équipe lorgnaient dans leur direction tandis que les clientes du bar la fixaient comme si elles mouraient d'envie de la transpercer avec leurs piques à olives.

Ruby servit deux gin tonics, un rhum-Coca, puis se tourna vers Ares Kourakis avec colère.

— C'est quoi, votre problème ? siffla-t-elle.

— Vous, répondit-il.

— Moi ? Mais qu'est-ce que j'ai fait ?

— Vous êtes la femme la plus désirable de ce club. Vous me fascinez.

Ruby lut une gourmandise avide dans son regard, et une onde de chaleur la submergea. Elle avait peu d'expérience des hommes, mais il aurait fallu être aveugle pour ne pas voir qu'il la voulait.

Elle étudia son visage. La ligne nette de sa mâchoire

ombrée d'une repousse de barbe. Ses cheveux bruns coupés court. Ses doigts racés qui pianotaient sur le bois du bar. Il était inouï qu'elle soit sensible au charme de cet homme ! Il la troublait tant qu'elle avait l'impression que ses jambes allaient se dérober sous elle.

Il n'avait eu qu'à lui lancer un regard et à prononcer le mot « désirable », pour provoquer tout cela. Étrangement, elle se sentait ivre alors qu'elle n'avait pas bu. Elle avait l'impression de rêver alors qu'elle était éveillée. Cet homme si beau, si arrogant, si fortuné — et totalement hors de sa portée — semblait la tenir sous son emprise.

Bon sang, qu'est-ce qui ne tournait pas rond chez elle ?

Et… qu'éprouverait-elle s'il la *touchait* réellement ? Lui caressait la joue ? Effleurait son cou du bout des doigts ?

Elle se sentit frémir, et les pointes de ses seins se raidirent. Un désir délicieux naquit au creux de son intimité, se diffusa dans son corps. Posant les mains sur le bar, elle dit d'une voix rauque et mal assurée :

— Que… Que cherchez-vous ?

Ares Kourakis sourit.

— Dansez avec moi, dit-il.

Danser avec le milliardaire grec qui affolait toutes les personnes présentes ?

— Non, fit Ruby, se cramponnant à un reste de bon sens.

— Pourquoi ?

La voix attristée de Bonnie résonna dans la mémoire de Ruby : « Ne crois surtout pas à ce que peut raconter un homme riche. Ce sont tous des menteurs. Des menteurs et des voleurs. »

Elle redressa les épaules et parvint à répondre d'un ton calme :

— Je ne danse pas.

— Vous ne dansez pas. Vous ne buvez pas non plus. Vous êtes réellement d'une autre époque ! répliqua-t-il en promenant son regard sur elle, la faisant rougir. Je pourrais vous apprendre à danser. Quand avez-vous une pause ?

— Je travaille. Je ne suis pas ici pour m'amuser.

— Et que faites-vous pour vous amuser ?

— Je…

Ruby tenta de rassembler ses souvenirs. Il y avait longtemps que la détente ne faisait plus partie de son programme. Même avant que sa mère tombe malade, elle avait mené de front trois jobs pour subvenir aux besoins familiaux ; et, du temps où sa mère travaillait, elle avait été occupée après les cours par l'éducation d'Ivy et l'entretien de la maison. S'amuser ? Elle n'était même pas sûre de savoir encore ce que c'était.

Posant une main sur la sienne, Ares dit de sa voix grave et basse :

— Dites-moi ce que vous feriez, ce soir, si vous étiez libre de choisir.

Au contact de cette main, elle éprouva un délicieux frisson. Comment cet homme parvenait-il à susciter en elle une telle réaction ?

Retirant sa main, elle répondit à contrecœur :

— J'irais en montagne.

— En montagne ?

— Les autres moniteurs de ski participent à la Renegade Night — la Nuit des Hors-la-loi.

— De quoi s'agit-il ?

— Juste avant la fin de la saison, lorsque la neige commence à fondre, nous organisons une course nocturne à l'ancienne. Et ce soir c'est la pleine lune.

— La lune éclaire si bien ?

— On porte aussi des flambeaux.

Une lueur d'intérêt anima le regard d'Ares.

— Je n'ai jamais entendu parler de cette course.

— Normal. Elle est réservée aux gens du coin.

— Je vois, lâcha-t-il. C'est bon à savoir. Et merci pour la bière.

Il laissa vingt dollars sur le comptoir, puis s'éloigna sans un mot. Ruby le suivit des yeux, les pupilles dilatées de surprise. Elle n'avait eu qu'un désir : qu'il la laisse tranquille. Mais après son brusque départ elle se sentait étrangement abattue.

— Waouh ! siffla Monty. Que diable lui as-tu dit pour lui faire prendre la fuite ?

Ruby s'empourpra.

— Il voulait juste une bière, fit-elle.

— Ça, j'étais au courant.

Une serveuse surgit avec une commande. Étourdie, Ruby servit trois tequilas. Elle venait de les poser sur le plateau lorsque toutes les lumières du club s'allumèrent. Elle cilla, aveuglée par leur éclat. La musique cessa, et des murmures stupéfaits parcoururent la foule.

Paul Vence, l'ex-musicien émacié qui possédait l'Atlas Club, apparut sur la piste de danse dans son accoutrement de cuir violet.

— Nous sommes fermés pour la nuit ! claironna-t-il. Tout le monde dehors !

Les clients et les employés se dévisagèrent d'un air ébahi.

— Allons, dehors ! Tout de suite ! continua Paul Vence à l'adresse des barmans et de l'équipe. Ne vous faites pas de souci. Vous serez payés quand même. Pourboires compris.

Les visages de l'équipe s'illuminèrent.

— Vous pouvez partir. Vous en particulier, ajouta Vence, en se tournant vers Ruby.

Elle comprit aussitôt et sentit un picotement sur sa nuque tandis que les clients, sans hâte, se dirigeaient vers la sortie en maugréant. Sous les lumières vives, les lieux prenaient une allure banale. La magie du night-club — la musique, l'obscurité, les spots colorés —, tout s'était évanoui. Les employés, eux, dansaient presque de joie dans le vestiaire, ravis de cette trêve inattendue.

Ruby s'attarda jusqu'à ce que tout le monde soit parti. Elle essaya de se dire qu'elle avait l'imagination trop fertile. Qu'elle se faisait des idées. Mais lorsqu'elle sortit de l'Atlas Club il était là à l'attendre, comme elle s'en était doutée.

Les trottoirs des rues enneigées étaient déjà silencieux tandis que les derniers clients et membres de l'équipe se fondaient dans la nuit, en direction du Settler tout proche, ou d'autres bars de la petite station montagnarde.

Adossé à un lampadaire, Ares Kourakis la regardait.

— C'est votre œuvre, hein ? dit-elle d'un ton accusateur.

— Et alors ? fit-il avec un sourire nonchalant.

— Le club aurait amassé une vraie fortune, ce soir. Combien avez-vous payé M. Vence pour qu'il ferme ?

— Aucune importance.

— Et vous avez veillé à ce que l'équipe ait son congé. Tout payé, pourboires compris.

— Cela aurait gâché votre plaisir, sinon.

— Mais pourquoi avez-vous fait ça ?

— Je vous l'ai déjà expliqué, déclara-t-il, la rejoignant sous le halo du lampadaire, au point de la toucher presque. Je veux être avec vous ce soir.

Elle tenta de le fusiller du regard.

— Est-ce que vous obtenez toujours ce que vous voulez ?

— Oui.

— Mais… Mais pourquoi ? murmura-t-elle. Pourquoi moi ?

— Vous êtes incroyablement belle.

— La plupart des femmes du club étaient beaucoup plus jolies que moi.

— Vous êtes différente.

Elle secoua la tête, décontenancée.

— Différente en quoi ?

— Vous n'avez pas tenté de capter mon intérêt.

Soudain, elle fut déçue, sans savoir pourquoi. Donc, elle n'avait rien de spécial. D'une certaine façon, il l'avait amenée à espérer que…

Refoulant cette pensée, elle dit en redressant le menton :

— Bref, vous êtes un enfant gâté qui pique une crise parce qu'un seul jouet lui échappe.

— Votre refus n'a fait qu'attirer mon attention, dit-il d'une voix embrumée. Ce n'était pas la seule raison. Il y a chez vous…

Il abaissa les yeux sur ses lèvres et, l'espace d'une seconde, elle crut qu'il allait l'embrasser en pleine rue. Elle frissonna, retenant son souffle pendant qu'il lâchait :

— Emmenez-moi en montagne.

— Je ne peux pas. C'est réservé aux gens du cru…

— *Si*, vous pouvez.

— Écoutez, je suis sûre que vous skiez très bien, mais…

— Pas du tout. Je suis nul en ski.

Surprise par cet aveu, elle demanda :

— Alors, pourquoi avez-vous une maison ici ?

— Parce qu'il y a d'autres choses qui me plaisent.

Sa voix basse et grave la fit frissonner. Il ne la touchait pas, pourtant elle avait l'impression d'être électrisée, comme en feu. Elle n'avait jamais rien éprouvé de tel avec Braden, pas une fois, même lorsqu'il l'avait embrassée. Ou qu'il l'avait demandée en mariage.

Cours, lui souffla une voix qui était comme l'écho de celle de sa mère. *Cours le plus vite et le plus loin possible.*

Au lieu de cela, Ruby leva les yeux sur Ares, sous le ciel hivernal constellé d'étoiles, et s'entendit répondre :

— Vous avez une tenue de ski ?

La bouche sensuelle d'Ares Kourakis esquissa un sourire.

— Bien sûr.

— Signée d'un créateur, je parie ? fit-elle avec un léger rire ironique. Noire et flambant neuve ?

Comme il ne niait pas, elle secoua la tête.

— Je vous trouverai autre chose.

— Qu'est-ce qui cloche dans ma tenue ?

— Personne ne doit savoir que je vous amène dans la montagne. Ils seraient furieux. Êtes-vous capable de ne pas vous faire remarquer ?

Il parut vexé.

— Je peux passer inaperçu quand je veux. En fait, je suis très doué pour ça.

Elle leva les yeux au ciel.

— Faites de votre mieux, d'accord ? Si on vous pose la question, vous êtes le meilleur ami de ma cousine qui habite dans le Nord, à Cœur d'Alene. Allons, venez.

Lui faisant signe de la suivre, elle le mena jusqu'à sa vieille fourgonnette, garée dans une rue latérale. La portière côté passager s'ouvrit dans un grincement de métal rouillé. Il fallait savoir manier la poignée pour réussir cet exploit.

Ares examina le véhicule d'un air dubitatif.

— Vous n'avez tout de même pas peur d'un siège un peu usé ? lui lança-t-elle d'un ton de défi.

— Cette fourgonnette est plus vieille que moi.

— Quel âge avez-vous ?

— Trente-six ans.

— Alors, vous avez vu juste. Montez !

Contournant le véhicule, Ruby s'installa au volant. Il se glissa à côté d'elle sur la banquette, puis claqua la portière, qui se ferma bel et bien ! Impressionnée, Ruby le regarda.

Ares semblait si peu dans son élément sur le siège élimé, dans son élégant manteau en cachemire noir, sa chemise blanche si bien coupée et son pantalon noir ! Que serait-ce lorsqu'il verrait ce qu'elle lui réservait pour aller sur les pistes ! pensa-t-elle en dissimulant un large sourire.

— Ruby ?

— Oui ?

— Merci.

Il capta son regard à la lueur du clair de lune. Ses prunelles sombres brillaient d'un étrange éclat. Elle cessa de sourire, puis marmonna en détournant les yeux :

— De rien.

Elle appuya sur l'accélérateur.

— On passe chez moi pour prendre votre tenue de ski.

— À qui appartient-elle ? demanda Ares. Votrc frère ? Votre père ?

Il ajouta après un arrêt :

— Votre amant ?

— Je n'ai rien de tout cela, dit-elle en s'engageant sur la route. Mon père est parti avant ma naissance. Il n'y a que ma mère, ma petite sœur et moi.

— La petite sœur qui projetait de me séduire ?

Il avait une intonation amusée, mais elle rougit. Elle n'imaginait que trop bien ce qu'il pensait d'Ivy !

— Ne la jugez pas. Elle devrait aller à l'université, s'amuser. Au lieu de ça, elle passe le plus clair de son temps dans la chambre d'une malade. Il y a longtemps que notre mère ne va pas bien. Et Ivy ne se rappelle même pas son père. Il est mort depuis longtemps.

— Vous êtes de pères différents, votre sœur et vous ?

Ruby lui jeta un regard farouche.

— Et alors ?

Il haussa les épaules avant d'ajouter :

— Il me semble parfois qu'on fait trop de cas des pères. D'après moi, la seule chose qu'ils sachent faire, c'est payer les factures.

Ruby éclata de rire.

— Mon père n'en a jamais payé une seule. Le père d'Ivy non plus.

Il se rembrunit.

— Et les pensions alimentaires ?

— Ils ont trouvé le moyen de s'y dérober.

— Mais légalement…

Le regard braqué sur la voie, Ruby coupa :

— C'est compliqué.

— Rien ne vous force à vous expliquer, dit-il.

— Qu'est-ce que c'est ? répliqua-t-elle en lui décochant un demi-sourire. Une feinte pour me faire parler ?

— Non, je préfère ne rien savoir. J'évite les complications.

— Comment faut-il comprendre ça ?

— Au sens strict, ni plus ni moins.

— Comment faites-vous pour avoir des relations, alors ?

— Quand elles se compliquent, j'y mets un terme. L'amour non plus n'est pas pour moi. Je ne sais même pas ce que c'est.

On aurait dit qu'il en était fier !

— C'est pour cela que vous avez rompu avec votre petite amie ? s'enquit Ruby.

Il lui décocha un regard et elle baissa la tête, honteuse de sa curiosité.

— Désolée. Les gens ne parlaient que de ça au club.

— Non, répondit-il. Poppy n'avait pas besoin de mon amour. C'était l'une de ses principales qualités. Elle voulait que je l'emmène dans l'Himalaya. J'ai refusé. Elle est partie. Un point c'est tout.

Ruby quitta l'autoroute.

— Où va-t-on ? s'enquit Ares.

— Star Valley coûte cher. La plupart des gens qui y travaillent n'ont pas les moyens d'y vivre. J'habite Sawtooth.

— C'est loin ?

— Il y a encore dix minutes de trajet, dit Ruby, engageant son véhicule sur une route de montagne accidentée.

Ares se détourna pour regarder par la vitre et, malgré elle, elle contempla son profil, la ligne ferme de sa mâchoire, l'incurvation de sa bouche. Il était si beau, pensa-t-elle. Si viril. Si puissant.

— Nous y sommes, annonça-t-elle après un long silence.

Suivant le regard d'Ares, elle considéra les lieux d'un œil neuf. Le parc de mobile homes était propre et bien tenu. Les voisins de Ruby étaient de braves gens et travaillaient dur. Mais les baraques ne payaient pas de mine, la neige était entassée au petit bonheur sur le bord de la route, privée en hiver des fleurs qui la rendaient si jolie en été.

Elle se gara devant le mobile home familial et coupa le moteur.

— Vous voulez entrer ? proposa-t-elle.

— Pour voir votre mère malade et la sœur qui voulait me prendre au piège du mariage ? rétorqua Ares.

— J'oubliais que vous fuyez les complications, dit-elle en s'efforçant de garder un ton léger, malgré ses joues en feu. Je reviens tout de suite.

Elle referma la porte et entra dans la maison. Le salon était plongé dans l'obscurité.

— Ivy ? Maman ?

— Je suis là, répondit Bonnie Prescott, d'une voix faible.

Ruby se précipita dans la chambre, et trouva sa mère au lit. Sur l'étagère qui lui faisait face, la petite télévision était allumée. Il y avait sur le chevet des flacons de comprimés et une assiette de nourriture intacte.

Maman ! Tu n'as rien mangé !

— Je… Je n'avais pas faim, dit d'un ton d'excuse sa mère, qui parlait avec effort, marquant des pauses pour reprendre son souffle. Que fais-tu… ici ?

— J'ai quitté le travail plus tôt, alors je vais à la Renegade Night.

Les yeux bleus bienveillants de Bonnie s'illuminèrent.

— Je… J'emmène quelqu'un, avoua Ruby, peu habituée à dissimuler quoi que ce soit à sa mère. Un homme que je viens de rencontrer. Tu sais, le propriétaire du grand chalet…

Le sourire s'effaça sur le visage émacié de Bonnie.

— Non, fit-elle, secouant la tête. Les hommes riches ne…

— Rassure-toi, se hâta de préciser Ruby, il ne s'agit pas d'un rendez-vous. Il m'a permis d'avoir une soirée de relâche, alors je lui retourne la politesse. Je ne le reverrai propablement pas.

Elle embrassa sa mère puis, rembrunie, lui tâta le front.

— Tu es toute froide.

— Je vais bien. Ivy doit… rentrer bientôt.

— Elle a téléphoné ?

— Elle est… passée pour enfiler… un jean. Elle est à la pizzeria avec des amis.

Ruby espéra qu'Ivy n'essayait pas de se faire admettre dans un autre night-club de la ville. C'était peu probable, si elle avait mis un jean. Et elle n'était sûrement pas allée en montagne. Ivy avait les sports de neige en horreur.

— Je pourrais te tenir compagnie, proposa Ruby.

— Non, sors, insista Bonnie. Tu mérites de t'amuser. Tu t'occupes toujours de nous. Vas-y.

Ruby céda à contrecœur.

— Très bien, dit-elle en serrant la main de sa mère. J'espère avoir des choses amusantes à te raconter tout à l'heure. Je t'aime, maman.

— Je t'aime aussi.

Ruby se hâta dans le couloir, jusqu'à l'énorme armoire où elle gardait les vêtements vintage qu'elle collectionnait dans l'espoir d'ouvrir une boutique. Elle ouvrit plusieurs boîtes, trouva enfin ce qu'elle cherchait et sourit. Elle avait hâte de voir la mine d'Ares !

3.

Ares imprima un mouvement oblique à son snowboard pour s'arrêter à mi-descente, faisant jaillir une gerbe de neige. La nuit était claire et le ciel criblé d'étoiles. Dans l'air froid et sec illuminé par le clair de lune et la ligne sinueuse des flambeaux, les skieurs descendaient en file indienne la pente montagneuse. Ares n'avait jamais rien vu d'aussi beau.

Enfin… si.

Ruby stoppa près de lui sur son snowboard, l'éclaboussant de neige. Elle était ravissante avec son rire joyeux, ses joues rosies, ses yeux pétillants.

— Pour un homme qui prétend skier comme un débutant, lança-t-elle, vous êtes drôlement doué.

— Je n'ai jamais dit que j'étais nul en snowboard.

— En vous voyant dévaler à cette allure, j'ai cru que vous alliez vous rompre le cou. Je parie que vous adorez donner des sueurs froides aux starlettes, plaisanta-t-elle.

Ares eut un large sourire.

— N'oubliez pas les mannequins !

Il était soulagé de constater qu'elle se moquait de lui. Si elle n'avait pas été impressionnée par sa maîtrise, elle l'aurait épargné, au contraire. Il aurait été contrarié de s'être surpassé pour rien, d'autant qu'il avait failli tomber pour la distancer.

Il contempla la retraite aux flambeaux, émerveillé.

— Je n'ai jamais vu un spectacle pareil.

— C’est un plaisir d’être ici, dit-elle avec douceur. Merci, Ares.

En entendant son prénom prononcé par sa voix grave et mélodieuse, il eut un curieux coup au cœur. Était-ce dû à la beauté de cette femme ? À ce paysage d’hiver enchanteur ?

Non, c’était l’effet de l’excitation, pensa-t-il. Et du désir. Et de la victoire. Il voulait conquérir cette femme. Bientôt, elle serait sienne.

Soudain, Ruby lui décocha un sourire épanoui.

— Vous avez vu ? Personne ne vous a reconnu !

Il baissa les yeux sur sa combinaison de ski vintage des années 1980, bleu roi avec des bandes blanches et rouges. Il avait failli la refuser, puis il avait compris qu’il s’agissait d’une sorte de test et l’avait mise sans protester, tout comme les vieilles lunettes de protection et le bonnet récupéré aux objets trouvés de la station.

— Parfait, avait-elle décrété d’un air ravi lorsqu’il était sorti du vestiaire. Vous vous intégrerez à merveille.

Et, à sa grande surprise, cela avait été le cas. Les moniteurs et monitrices participant à la Renegade Night avaient presque tous à peine plus de la vingtaine, étaient en grande forme et téméraires. Ares avait beau être doté d’un physique impressionnant, personne ne l’avait remarqué, d’autant que des champions olympiques s’étaient joints à eux : deux natifs de Star Valley détenteurs de médailles en saut et en descente. Il y avait aussi un célèbre joueur de hockey. Les héros locaux. Nul n’avait prêté attention à lui, caché derrière ses grosses lunettes, et il avait adoré cela.

Même quand il était enfant, Ares, fils unique d’Aristedes et Thalia Kourakis, le couple le plus glamour et le plus fortuné de la haute société grecque, avait toujours été scruté à la loupe. Sa mère était célèbre pour sa beauté, son père pour son pouvoir implacable, et tous deux pour leur mariage tumultueux — qui s’était soldé par un divorce.

Ares était reconnu et adulé partout où il allait. Dans sa famille, seuls comptaient le paraître et la sauvegarde des apparences. Ses parents l'avaient abandonné aux soins de diverses nounous tout lui offrant des cadeaux extravagants pour se faire pardonner — mais toujours assortis d'une condition. Ainsi, pour son neuvième anniversaire, son père lui avait acheté une compagnie aérienne brésilienne. Ares, qui avait rêvé d'avoir un chiot, l'avait dévisagé sans comprendre tandis qu'Aristedes précisait avec désinvolture : « Et pour me revaloir ce magnifique cadeau, tu me rendras compte des activités de ta mère. »

À présent, le visage fouetté par le vent glacial des montagnes de l'Idaho, où personne ne le connaissait, Ares se sentait libre. Étrangement vivant.

Il regarda la belle jeune femme qui l'accompagnait. Sa chevelure noire se déversait sur ses épaules, par-dessous son bonnet rouge orné d'une fleur. Il avait envie de l'embrasser. Et bien plus encore.

Alors qu'il la regardait, il vit son expression changer, son sourire s'effacer. On aurait presque dit qu'elle avait… peur.

— Venez.

Pivotant sur son snowboard, elle s'élança vers le bas de la colline, téméraire, effectuant des sauts acrobatiques par-dessus les bosses.

Ares avait eu beaucoup de femmes dans sa vie. Mais, pour la première fois, il en rencontrait une qui ne semblait pas impressionnée par sa fortune ou son physique. Elle l'acceptait pour ce qu'il était. Pour ses actes. Ses paroles. Ses talents. Il avait hâte de la conquérir, de la mettre dans son lit. La prenant en chasse, il s'élança à son tour.

Elle atteignit la première le bas de la pente. Un feu de camp crépitait au milieu d'un champ enneigé, près d'un ruisseau. Autour, les jeunes gens riaient en chœur, des gobelets fumants à la main.

Ares releva ses lunettes et rejoignit le groupe. Un rouquin barbu lui tendit un gobelet.

— Tiens, ça te réchauffera.

Ares fourra ses gants dans sa poche et saisit le gobelet.

— Merci.

— Je m'appelle Gus… Jolie combinaison. C'est Ruby qui t'a choisi ce truc-là, pas vrai ? Tu es le cousin de son amie qui vit dans le Nord ?

— Hum, marmonna Ares, évasif.

Il huma le vin chaud aux parfums de cannelle et de clou de girofle. Avec un soupir de plaisir, il en avala une gorgée.

— Cette fille a du flair pour dénicher des articles vintage, continua Gus. Elle devrait lancer son affaire.

— Une affaire ? fit Ares. Les gens achèteraient des tenues pareilles, tu crois ?

— Oh ! oui ! Regarde donc autour de toi.

Ares constata que la plupart des jeunes gens portaient en effet des tenues décalées, stylées, excentriques. Son regard tomba sur Ruby, de l'autre côté du feu. Un homme lui parlait d'un air grave.

— Qui est le type avec elle ? demanda-t-il à Gus.

— Tu sais que Braden Lassiter est son ex, je suppose ? Ils étaient fiancés avant qu'il entre dans la National Hockey League. Il joue dans l'équipe de New York.

Ares essaya de se rappeler ce qu'il avait entendu sur Braden Lassiter. Mais il ne suivait pas les compétitions de hockey sur glace. En tout cas, il lui *déplaisait* que cet homme parle à Ruby. Qu'il *se penche* vers elle.

— Ils étaient fiancés ?

— Depuis le lycée, précisa Gus. Dommage qu'ils aient rompu. S'ils avaient eu un enfant, il brillerait sur les pistes et deviendrait champion olympique !

Ares fixa le duo. Un instant plus tôt, il s'était senti heureux, et même euphorique. Maintenant, il avait l'impression d'avoir reçu un coup à l'estomac. Était-il jaloux ? Impossible ! Ce n'était pas son genre !

— Merci encore, dit-il en buvant son vin chaud.

En tout cas, il n'était pas le seul contrarié. Alors qu'il rejoignait Ruby, il vit Lassiter s'éloigner d'un air renfrogné.

— Il vous embêtait ?

— Braden ? Son équipe jouait à Vancouver et il avait une journée de libre, alors il a fait un saut pour la Renegade Night. Dès qu'il m'a vue accompagnée, il m'a mitraillée de questions comme s'il avait toujours des droits sur moi.

— Vous étiez fiancés ?

— Gus vous a mis au courant ? Ça remonte à des lustres. Quand Braden est devenu riche, il a pris la tangente.

— Quel salaud !

— C'était un rappel salutaire de l'effet qu'a l'argent sur le cœur des hommes.

— C'est à-dire ?

— Ça les rend égoïstes. Et insensibles.

Ares comprit aussitôt que ce reproche ne concernait pas que Braden Lassiter.

Elle le dévisagea à la lueur du feu puis laissa échapper un soupir, suivant du regard les étincelles qui jaillissaient vers le ciel constellé d'étoiles.

— J'aimerais que l'argent n'existe pas.

— Moi, je suis content qu'il existe, dit-il. C'est grâce à lui que je suis avec vous en ce moment.

— Je ne vous ai pas amené ici pour l'argent !

— Je sais. Mais, sans ça, vous seriez toujours au bar.

Doucement, il lui effleura la joue, caressa du bout du pouce sa lèvre inférieure.

— Je n'aurais pas pu recourir au chantage, ajouta-t-il.

Il la sentit frémir à son contact. Ainsi, elle ressentait elle aussi la même chose !

— Vous ne m'avez pas… fait chanter.

— Vraiment ? dit-il en contemplant son ravissant visage.

— Non, admit-elle dans un murmure. Peut-être êtes-vous différent des autres, vous aussi…

L'éclat du feu se reflétait dans ses beaux yeux bruns, et sa chevelure baignait dans la lumière argentée de la lune. Pourquoi le faisait-elle penser à une princesse de conte de fées ? Un conte de fées sexy qui s'achevait dans son lit. Cette jeune femme annihilait ses pensées, ne laissant en lui que le désir…

Il accueillit au creux de ses paumes viriles son menton glacé par l'air frais, tandis que ses lèvres cerise s'entrouvraient. Inclinant la tête, il l'embrassa. Quelle douceur ! Ses lèvres avaient le velouté du satin et un goût suave, délicieux. À leur contact, il s'embrasa.

Elle posa les mains sur ses épaules, commença à lui rendre son baiser. Avec un gémissement sourd, il la plaqua contre lui, oubliant la foule environnante pour ne plus sentir que la saveur de ses lèvres et les rondeurs de son corps.

Il perçut, comme s'ils venaient de très loin, les applaudissements et les cris de leur entourage.

— Hé, il y a des hôtels pour ça ! lança quelqu'un.

— Je croyais que c'était son cousin, fit quelqu'un d'autre.

— Qui est-ce, alors ?

— Oh ! mon Dieu, ce n'est pas… Ares Kourakis ?

Ces derniers mots rompirent l'enchantement et, alors qu'une branche crépitait au milieu des flammes, il sentit Ruby se raidir entre ses bras. Réticent à lui rendre sa liberté, il murmura :

— Allons-nous-en. Venez chez moi.

Elle parut presque sonnée, alors qu'elle promenait un regard autour d'elle.

— Je… Je ne devrais pas, souffla-t-elle.

Saisissant le premier prétexte qui lui venait à l'esprit, il dit :

— Vous n'avez rien mangé de la soirée. Vous devez

avoir faim. Laissez-moi vous inviter. Je vous préparerai quelque chose d'époustouflant.

Elle esquissa un demi-sourire.

— Époustouflant, rien que ça ?

— Vous n'aurez jamais rien goûté de meilleur, soutint-il.

— Je ne peux pas.

— Je vous avais prise pour le genre de femme qui se moque de l'avis des autres. Qui ne se soucie que de son plaisir. À quand remonte la dernière fois que vous vous êtes accordé la priorité ?

— À ce soir. En venant ici avec vous.

— Et avant ?

Elle marqua un temps d'arrêt.

— C'est assez loin…

La serrant plus étroitement, il la regarda, savourant le contact de son corps dans la nuit fraîche.

— Vous pouvez avoir tout ce que vous désirez, dit-il en lui effleurant la joue. Il vous suffit de dire « oui ».

Ruby s'empourpra et dit d'une voix mal assurée :

— Vous ne parlez ainsi que pour parvenir à vos fins.

— Bien sûr, reconnut-il avec franchise. Je n'ai pas tenté de le cacher. Ni de dissimuler mon égoïsme et mon côté impitoyable…

Inclinant de nouveau la tête, il l'embrassa jusqu'à ce qu'elle tremble entre ses bras.

— Arrêtez, souffla-t-elle lorsqu'il s'écarta de nouveau. Je vous suis.

Il éprouva un élan de triomphe.

— Pour dîner, dit-elle d'un air d'impuissance. Rien de plus.

Elle mentait, et il s'en rendait compte. Après l'avoir embrassé comme elle l'avait fait, elle comprenait sûrement que le repas ne serait qu'un prélude. Mais, si elle éprouvait le besoin, par fierté, de se raconter des histoires, il n'allait pas la contredire.

Il lui semblait sentir encore le goût de sa bouche. L'attente le mettait au supplice. Chaque minute qui les séparait du moment où ils seraient nus lui semblait durer une éternité.

Calant sous son bras leurs snowboards, il la suivit sur le sentier jusqu'à sa fourgonnette déglinguée.

Elle hésita, puis lâcha un rire mal assuré.

— Je ne crois pas pouvoir conduire, dit-elle. J'ai la tête qui tourne. Je ne sais pas ce que j'ai.

— Je vais prendre le volant.

— Ma fourgonnette donne parfois du fil à retordre…

Ares prit les clés de contact.

— Je m'en débrouillerai.

Il remisa leurs snowboards à l'arrière. Puis il ouvrit la portière côté passager et aida Ruby à grimper sur la banquette, à côté du sac où elle avait rangé les vêtements. Il s'aperçut qu'elle tremblait. Ou ce tremblement était-il le sien ?

Il s'empressa d'anéantir cette pensée grotesque. Ruby sortait du lot, certes. Mais pas au point de le troubler si fort ! Ce n'était qu'une femme parmi d'autres. Quand il l'aurait possédée, quand leur désir mutuel serait assouvi, il pourrait partir à Sydney sans lui accorder une pensée de plus.

Ruby n'avait jamais cru aux contes de fées. Sa mère Bonnie ne voyait que le meilleur chez les autres et était convaincue que la félicité vous attendait au coin de la rue. Elle croyait qu'il suffisait de travailler dur, d'avoir foi en ses rêves et de prendre soin des autres pour être heureux.

Quelle erreur ! Malgré sa bonté, Bonnie n'avait connu que malchance et infortunes. Ses parents étaient morts avant qu'elle atteigne l'âge de dix-neuf ans, laissant peu d'économies. Répugnant à quitter sa ville natale, Bonnie était devenue serveuse à la fin de ses études secondaires. Cet été-là, elle était tombée sous le charme d'un hôte de la station d'hiver, un beau milliardaire de Buenos Aires. Elle avait cru qu'il s'agissait de l'amour vrai. Mais lorsqu'elle était tombée enceinte de Ruby, au lieu de se réjouir et de la demander en mariage, son amant, furieux, lui avait jeté à la figure quelques centaines de dollars et avait quitté le pays.

Bonnie s'était installée dans un mobile home modeste et s'était efforcée d'élever sa petite fille en effectuant divers boulots, sans cesser d'espérer une amélioration de leur situation. Au lieu de cela, alors que Ruby avait cinq ans, Bonnie s'était éprise d'un autre riche étranger, un pétrolier texan dont elle espérait qu'il serait un bon père pour son enfant.

Il avait déclaré qu'il l'aimait. Il n'avait pas toujours été enclin à utiliser un préservatif mais, persuadée qu'ils se marieraient bientôt, Bonnie avait cédé. Cependant, lorsqu'elle lui avait appris sa grossesse, il n'avait pas voulu l'épouser.

« Je suis marié à mon entreprise, chérie, avait-il dit de sa voix de cow-boy charmeur. Patiente un peu, jusqu'à ce que ce terrain pétrolifère soit rentable. Alors, je prendrai soin de toi et de la petite, sois tranquille. »

Mais il avait cessé de venir à Star Valley, ignorant les messages de plus en plus affolés de Bonnie. Avant la naissance d'Ivy, les prix du pétrole s'étaient effondrés et il avait fait faillite. Incapable d'affronter sa ruine, il s'était tué en voiture, se fracassant contre un pylône.

Bonnie avait retenu la leçon. Elle n'avait cessé de répéter à ses filles de ne jamais croire un homme riche.

Hélas, cela n'avait pas servi à grand-chose, pensa Ruby. Ivy rêvait de séduire un riche mari. Et pour sa part, à dix-huit ans, elle avait failli épouser Braden, qui l'avait laissée tomber dès qu'il avait pu apposer sa signature sur un contrat avec la ligue nationale de hockey.

Les rêveries amoureuses étaient un poison. Les hommes mentaient pour attirer les femmes dans leur piège et les menaient à leur perte. À quoi l'amour avait-il été bon, pour sa mère ? Il avait anéanti ses espoirs, la laissant sans le sou et le cœur brisé. À quoi avait-il été bon pour Ruby ? Elle s'était retrouvée seule et humiliée devant l'autel, et n'avait aucune intention de se fier une nouvelle fois à un homme.

Puis, ce soir, Ares l'avait embrassée. C'était le baiser dont elle avait rêvé, même lorsqu'elle se persuadait que les rêves romantiques étaient des chimères. Le baiser qu'elle attendait depuis toujours.

Lorsque leurs lèvres s'étaient rencontrées sous le ciel étoilé, elle avait oublié toute raison et les promesses qu'elle s'était faites. Il n'y avait eu que cet instant. Que cet homme.

À présent, elle l'observait à la dérobée alors qu'il pilotait la fourgonnette sur la route enneigée. Ses yeux se posaient malgré elle sur ses bras musclés, sur ses cuisses, ses jambes puissantes qui écrasaient l'accélérateur.

Ares avait raison. Après toutes ces années à se montrer forte pour les autres, elle avait le sentiment d'avoir subi des privations sans fin. D'avoir une vie sans joie, sans saveur.

Un frisson la parcourut. Ares lui avait déclaré qu'il était égoïste, implacable, et qu'il fuyait les complications. Pourquoi aurait-elle eu la folie de croire qu'une liaison entre eux, ou même une aventure d'une nuit, pouvait se terminer autrement que mal ? Pourtant… Quand elle le regardait, son cœur battait la chamade. Elle éprouvait du plaisir. De l'excitation. Elle était aux prises avec la tentation. Oui, même en comprenant que c'était une folie, elle voulait cet homme. Le baiser qu'il lui avait donné l'avait complètement chamboulée.

Ares la regarda. Ses yeux noirs brillaient dans la

pénombre, et elle fut parcourue d'une onde de chaleur. Quand il s'engagea sur une petite voie privée, elle se détendit un peu. Soit, elle était peut-être une vierge de vingt-quatre ans qui travaillait trop et qui, selon Ivy, avait renoncé à ses rêves. Mais si elle voulait y remédier, prendre un premier amant, elle serait mieux inspirée de choisir n'importe qui d'autre plutôt que cet arrogant millionnaire !

Son mobile se mit à sonner au fond de son sac en toile et elle reconnut le numéro d'appel de sa sœur. Un élan de culpabilité la traversa. Elle avait empêché Ivy de séduire Ares, et sa jeune sœur jugerait sans soute très sévèrement son comportement actuel, la traitant d'hypocrite. Elle rejeta l'appel.

— Tout va bien ? s'enquit Ares de sa voix sensuelle.

— Oui. Mais j'ai changé d'avis. Je vais rentrer…

— Est-ce réellement ce que vous voulez ?

— Oui… C'est ce que je veux…

Ares s'arrêta au milieu de la route enténébrée et, ayant coupé le moteur, se tourna vers elle.

— C'est étrange, dit-il, la transperçant de son regard de braise, que vous vouliez rentrer après m'avoir embrassé comme vous l'avez fait.

Elle haussa les épaules, feignant la désinvolture.

— J'admets que le baiser n'était pas déplaisant…

— *Pas déplaisant ?*

— … mais ce n'était qu'un baiser.

Elle fut plutôt fière d'avoir gardé une voix ferme, comme si leur étreinte sous le ciel d'hiver ne l'avait pas retournée corps et âme, la laissant défaillante et en proie à un désir lancinant.

— Nous savons pertinemment que c'était plus que ça, dit-il avec force. Vous l'avez senti. Je l'ai senti aussi.

Il la saisit par les épaules et la regarda d'un air farouche.

— Avant de vous rencontrer, tout et tout le monde

m'ennuyaient. Maintenant, je n'ai plus qu'une idée fixe : vous.

Ruby sentit son cœur s'affoler. Ares exprimait ce qu'elle ressentait au plus profond d'elle-même. Tremblante, elle commença d'une voix étranglée :

— Je croyais que vous rejetiez les complications…

— Ceci n'a rien de compliqué. Je veux que vous m'accompagniez chez moi. Vous partagez mon désir, pourquoi le nier ?

Comme leurs regards se rencontraient, le mobile de Ruby recommença à sonner. C'était de nouveau Ivy. Elle leva les yeux sur Ares, tiraillée entre raison et tentation.

Dès l'instant où elle l'avait vu, elle l'avait désiré. Elle avait tenté de se convaincre du contraire parce que les contes de fées ne se réalisaient jamais, et qu'il n'y avait pas de plus folle chimère que celle d'un beau milliardaire préférant une fille ordinaire comme elle à toutes les beautés de la terre.

Un homme riche ne désirait que ce qu'il ne pouvait pas avoir, elle le savait. Et, une fois acquis, un trophée perdait vite toute valeur. Si elle se laissait séduire, Ares ne tarderait pas à chercher d'autres femmes à conquérir.

Mais… si elle se trompait ? Si leur liaison se prolongeait au-delà d'une nuit ? Cela serait bien pire encore, et s'éprendre d'un homme tel qu'Ares pourrait bien signer sa perte…

Alors que la main d'Ares remontait le long de son bras, elle ferma les yeux, au bord de l'abîme.

Une fois encore, son mobile sonna. D'un geste brusque, elle l'éteignit.

— Juste pour dîner, alors, souffla-t-elle.

Les lèvres sensuelles d'Ares s'incurvèrent, puis il redémarra et continua à rouler aussi vite que le lui permettait la vieille fourgonnette.

4.

« Juste pour dîner… »

Ruby avait su au moment où elle prononçait ces mots qu'elle jouait avec le feu. À chaque instant passé en compagnie d'Ares, elle s'enlisait un peu plus. Il ne serait que trop facile de se laisser séduire par cet homme, au risque d'en avoir le cœur brisé.

Mais inspirer un tel désir était pour elle inédit. Elle éprouvait le besoin d'oublier, rien qu'un soir, sa vie de tous les jours. Elle avait envie d'avoir du plaisir. De se sentir *vivre*. Ensuite, elle retournerait à son existence ordinaire avec le souvenir de cette nuit où elle aurait été chérie par un beau prince — un souvenir qu'elle porterait dans son cœur.

Après s'être arrêté devant une grille, Ares composa un code et les portes s'ouvrirent. Ils dépassèrent plusieurs cottages qui entouraient la demeure principale.

— Qui habite là ? s'enquit-elle.

— Le gardien et la gouvernante. Mon garde du corps. Mon chauffeur, précisa-t-il d'une voix rauque.

Frémissante, Ruby renonça à poser d'autres questions. Elle vit se rapprocher le bâtiment principal, dont les fenêtres éclairées répandaient des halos d'or dans les ténèbres. C'était une gigantesque demeure flambant neuve, en pierre et bois.

La large allée avait été déneigée avec soin. Ares se gara et l'aida à descendre. Devant l'entrée, il composa un nouveau code de sécurité et ouvrit. Puis il s'effaça pour la laisser passer, même s'il la dévorait du regard lorsqu'elle pénétra dans le vestibule.

L'intérieur de la maison avait changé depuis qu'elle avait fait partie de l'équipe chargée du ménage. À l'époque, les murs étaient colorés et les salons meublés de canapés confortables pour séduire les clients potentiels. Aujourd'hui, l'élégant mobilier était d'allure spartiate, tout en noir et blanc.

Faisant halte dans le vestibule, ils enlevèrent leurs bottes. Elle se débarrassa de sa parka, tandis qu'Ares ouvrait la fermeture à glissière de sa combinaison et ôtait tranquillement le vêtement. Ruby écarquilla les yeux à la vue de son torse musclé, nu au-dessus de son pantalon noir taille basse. Quand il surprit son regard, il lui décocha un sourire sensuel qui la troubla au plus profond.

Se tournant vers le sac en toile qu'elle avait apporté, elle sortit le manteau en cachemire noir, la chemise et les chaussures d'Ares.

— Voilà vos affaires.

— Merci, dit-il.

Mais il n'esquissa pas un geste pour les récupérer sur le banc où elle les avait mises. Il ne semblait pas gêné le moins du monde. Et pourquoi l'aurait-il été ? Son corps musclé était magnifique ! Involontairement, elle laissa errer son regard fasciné sur la ligne noire qui, telle une flèche, parcourait son ventre plat et disparaissait sous la ceinture.

Il s'approcha d'elle et tira doucement sur le tissu élastique de sa combinaison en disant d'un ton taquin :

— Enlevez donc ça. Vous ne voulez tout de même pas inonder le parquet et contraindre ma gouvernante à le cirer de nouveau ?

— Bien sûr que non !

Elle enleva sa combinaison, avant de la plier avec soin

et de la poser sur le sac. Elle portait dessous un maillot à manches longues et un caleçon noirs qui gainaient son corps comme une seconde peau.

Ares la caressa du regard et émit un léger sifflement admiratif.

— Je viens juste pour dîner, rappela-t-elle à voix haute.

— Bien sûr, murmura-t-il avec un regard lascif.

La prenant par la main, il la mena dans une gigantesque cuisine. Ruby découvrit des équipements de luxe, du marbre blanc. Tout était immaculé.

— Votre gouvernante est une perle, dit-elle.

— Joli, n'est-ce pas ? fit-il d'un air satisfait. C'est la première fois que je mets les pieds dans cette pièce, en fait.

— Quoi ? Vous prétendiez savoir cuisiner !

Ares eut un sourire de gamin coupable.

— Je... Euh, je sais préparer un ou deux trucs. Des sandwichs.

— Je m'en doutais !

— Ce n'est pas ma faute. J'ai toujours vécu entouré de domestiques.

— Ça me fend le cœur ! ironisa-t-elle, mais je dois avouer qu'il est agréable de rencontrer enfin un aussi mauvais cuisinier que moi.

Il haussa les sourcils.

— Vous ne savez pas cuisiner ?

— Seulement des pâtes précuites. La cuisinière de la famille, c'est Ivy.

— Je vois. Bon, voyons un peu ce que nous avons.

Il ouvrit le réfrigérateur et en inspecta le contenu, puis déclara d'un ton triomphant :

— Je vais vous épater !

Cinq minutes plus tard, il proposait à Ruby un sandwich grillé composé de poulet fermier, laitue craquante, tomates juteuses et un délicieux fromage.

Portant chacun leur assiette, ils se rendirent dans la

vaste pièce principale, dont la série de très hautes baies vitrées offrait un panorama sur les pistes de ski baignées par le clair de lune. Il y avait une grande cheminée en pierre blanche. Lorsque Ares eut abaissé un interrupteur, la flamme d'une cheminée électrique sertie dans un écrin maçonné de pierres noires apparut dans l'âtre.

L'ensemble du décor était épuré, presque nu. Un élégant canapé à dossier droit était placé sur le tapis blanc qui ornait le parquet noir. Ruby s'assit par terre, devant le feu, et posa son assiette sur ses genoux.

Déposant la sienne sur le large rebord blanc du foyer, Ares gagna le bar.

— Vous avez déjà goûté au champagne ?

— Non, avoua-t-elle.

— Ça vous dit d'en prendre une coupe ?

Elle marqua un temps d'arrêt en voyant l'étiquette. C'était une des marques de grand luxe, rares et de production restreinte, que l'Atlas Club servait en de rares occasions.

— Vous êtes fou, dit-elle. Cette bouteille vaut plus cher que ma fourgonnette.

Il eut un soupir accablé.

— *Tout* a plus de valeur que votre fourgonnette.

— Et si je n'aime pas ça ?

— Vous allez aimer.

Venant s'asseoir près d'elle, Ares lui tendit une coupe de champagne puis la fit tinter en la heurtant avec la sienne.

— À la Renegade Night, murmura-t-il avant d'avaler une goulée.

Elle goûta avec hésitation au contenu de sa coupe. Le champagne était frais, et les bulles ne manquèrent pas d'opérer leur magie.

— Ça vous plaît ? demanda-t-il.

— Oui, répondit-elle.

— Son bouquet se marie à merveille avec le sandwich.

En le voyant sourire jusqu'aux oreilles, elle supposa

qu'il plaisantait et croqua dans son sandwich en soupirant de plaisir.

— C'est vrai que vous savez cuisiner !

— Je vous l'avais bien dit !

Ruby mangea une moitié de son sandwich avant de réaliser qu'il n'avait pas touché au sien. Elle se rembrunit.

— Pourquoi ne mangez-vous pas ?

Il posa sa coupe, et le temps parut s'arrêter.

— J'ai faim d'autre chose, dit-il à voix basse.

Il la délivra de sa coupe de champagne et de son assiette, qu'il déposa à côté des siennes sur le bord du foyer. Puis, se penchant, il l'attira à lui. Lentement, il inclina la tête et ravagea sa bouche d'un baiser brûlant, avide, auquel elle ne put résister.

Ses mains viriles se promenaient sur son corps, recouvert par le fin tricot de son maillot et son caleçon. Elle sentit des picotements délicieux sur sa chair et ses seins s'alourdir. Instinctivement, elle glissa les bras autour des épaules d'Ares, l'attirant plus près, et lâcha un soupir étranglé en sentant la puissance de son dos nu, la douceur de sa peau chaude et satinée.

Les yeux clos, elle laissa Ares la renverser sur le tapis, devant le feu, promener sa bouche sur sa gorge, explorer son corps avec avidité. Ses doigts virils sous sa chemise, sur son ventre nu, étaient caressants, possessifs, et leur contact sur sa peau était délicieux.

Pendant un moment prolongé, il l'embrassa au point que leurs bouches en furent meurtries, leurs corps tendus d'impatience. Elle lui répondit avec une fougue égale à la sienne.

Alors, Ares la souleva dans ses bras comme si elle ne pesait pas plus lourd qu'une plume et l'emporta dans une chambre sombre, dont seul le grand lit baignait dans la lumière argentée de la lune.

Ruby tenta désespérément de se rappeler toutes les

raisons qu'elle avait de se refuser à lui, mais il lui semblait qu'elle n'avait jamais désiré autre chose que d'être dans les bras de cet homme. Elle ne pouvait pas lui résister. Elle s'était peut-être trompée depuis toujours, pensa-t-elle dans un état second. Peut-être les contes de fées pouvaient-ils se réaliser…

Laissant glisser contre le sien son corps mince, il la posa à terre et elle sentit contre ses hanches son sexe durci.

Lui relevant les bras, il la débarrassa du fin T-shirt à manches longues. Elle regarda tomber le vêtement, le cœur battant. Ares la dominait de sa haute stature, sûr de lui alors que ses mains, effleurant avec douceur la peau de son dos, s'attachaient à dégrafer son soutien-gorge. Elle perçut son soupir quand il découvrit ses seins. Émerveillé, il accueillit un des globes de chair au creux de sa paume.

— Quelle beauté, murmura-t-il. J'ai eu envie de faire ça toute la soirée.

Il inclina la tête et aspira la pointe entre ses lèvres.

Un plaisir vertigineux déferla en elle, lui arrachant des cris étranglés. Tout en lui caressant les seins, il se laissa tomber à genoux devant elle. Ses grandes mains vinrent se poser sur sa taille puis ses hanches alors qu'il la débarrassait de son caleçon noir, le faisant glisser le long de ses jambes, jusqu'aux chevilles. Sans changer de position, il appuya brièvement la tête contre son ventre, les yeux clos.

Puis il émit un soupir, posa les mains sur ses fesses à demi dénudées et les lèvres sur son nombril, Elle contempla les flammes dansantes, tout en savourant la tiédeur de son haleine contre sa peau. L'ayant délivrée de son slip, il inclina la tête vers le creux de ses cuisses et la goûta.

Agrippée à ses épaules, elle laissa échapper un soupir étranglé alors que des ondes de plaisir déferlaient en elle sous la caresse de sa langue, qui taquinait la partie la plus sensible de sa féminité, suscitant un plaisir aigu, vertigineux. Elle savait qu'elle aurait dû le repousser, le contraindre à s'arrêter. Mais… pas tout de suite !

Elle renversa la tête, dévorée par un désir brûlant.

— Tu es si douce, murmura-t-il contre sa chair.

Doucement, il la fit basculer sur le lit. Les yeux clos, elle comprit qu'il achevait de se dévêtir. Puis elle sentit ployer le matelas qui se creusa sous le poids de son corps ferme et musclé. Bientôt, son pénis durci rencontra sa cuisse, et elle se sentit perdue…

Avec lenteur, il fit courir sur tout son corps une pluie de baisers, puis, de nouveau, il lui écarta les cuisses pour lui prodiguer la plus intime des caresses. Le bout de sa langue s'insinua en elle, et elle s'abandonna, ivre de plaisir. C'était presque trop délicieux, et elle empoigna ses mèches brunes, cherchant à l'écarter d'elle. Il ne la laissa pas faire et elle finit par laisser échapper un cri, tandis qu'un émoi intense la secouait tout entière.

Avec un soupir, il se détacha du lit pour se pencher vers le chevet et y prendre un préservatif, dont il gaina d'un geste rapide son pénis dressé.

Frissonnant de plaisir, elle sentit glisser contre elle son corps brûlant et musclé alors qu'il s'enfonçait doucement en elle. Une douleur la traversa et, avec un léger hoquet, elle lui griffa les épaules.

Il se figea.

— Tu es… vierge ?

Elle hocha la tête puis se détourna, les yeux clos.

— Comment est-ce possible ? demanda-t-il d'une voix basse, presque coléreuse.

Comment s'expliquer ? Aurait-elle pu lui dire qu'elle avait attendu le véritable amour, le preux chevalier qui la soulèverait de terre pour l'emmener sur son blanc destrier ? Qu'à dix-huit ans, lorsqu'elle avait accepté d'épouser

Braden, elle avait su, d'une certaine façon, qu'il ne serait pas cet homme-là ?

— Ruby ? insista Ares.

À contrecœur, elle rouvrit les yeux et le regarda.

— Si j'avais su…, murmura-t-il.

— C'est bien pour ça que je ne t'ai rien dit.

— Je n'aurais jamais…

— Ce qui est fait est fait, coupa-t-elle. Je ne vais certainement pas me laisser aller aux regrets. Embrasse-moi, acheva-t-elle dans un souffle.

Comme il la contemplait, son expression changea. Il inclina la tête et, d'un toucher léger, aérien, il lui embrassa les paupières, les joues, et enfin les lèvres.

Elle lui rendit son baiser avec audace, taquinant sa langue de la sienne. Leurs corps se mêlèrent alors qu'elle approfondissait leur baiser, s'offrant tout entière. Lentement, il commença à remuer, à bouger en elle. Elle se cambra pour mieux l'accueillir alors qu'il allait et venait en elle, de plus en plus fort…

Un vertige la happa soudain dans son tourbillon, et le cri guttural d'Ares se mêla à ses gémissements aigus alors qu'ils atteignaient tous les deux l'extase, éperdus.

Quelque part, un téléphone sonna, s'arrêta, puis se fit de nouveau entendre. Ares ouvrit des yeux ensommeillés. Ruby était endormie dans ses bras, la joue contre son torse nu. Il la tenait enlacée.

Vierge. Elle était vierge. C'était incroyable ! Tout comme la nuit qu'il avait passée avec elle, la meilleure de toute son existence.

Il avait cru qu'en possédant une fois Ruby il serait satisfait. Mais il comprenait qu'il s'était peut-être menti à lui-même.

Levant les yeux vers la fenêtre, il vit que le ciel virait

au gris clair strié de rose. L'aube approchait. Il avait dormi en tenant Ruby dans ses bras. Il n'avait jamais fait cela avec aucune femme. Il ne supportait pas cette sorte d'intimité. Jusqu'à présent.

Il décrocha le téléphone. L'appel venait de son pilote, qui l'avertissait que le jet était prêt. Il le remercia et raccrocha. Ruby sommeillait près de lui, en confiance. Nue. Il réalisa avec surprise qu'il voulait aller plus loin avec elle. Beaucoup plus loin. Il lui donna un baiser pour la réveiller. Elle battit des cils, ouvrit les yeux et lui sourit rêveusement.

— Bonjour…

— Bonjour, dit-il, lui effleurant la joue, le cou, à l'endroit le plus sensible.

Elle soupira de plaisir et l'enlaça dans son demi-sommeil. Soudain, elle ouvrit tout à fait les yeux et se redressa, effarée, regardant par la fenêtre le jour naissant qui ne cessait de croître.

— Quelle heure est-il ? demanda-t-elle, inquiète.

Il haussa les épaules, se repaissant de sa beauté alors que le drap révélait la pointe rosée d'un sein.

— La nuit, le jour, quelle importance ?

— J'ai passé la nuit dehors ! Ma mère doit se faire un sang d'encre ! Et ma sœur…, lâcha-t-elle d'un air horrifié. Si Ivy apprend que j'ai passé la nuit avec toi, après la scène que je lui ai faite… elle me détestera !

— Je ne m'intéressais pas du tout à elle, alors, je ne vois pas de quoi elle pourrait t'en vouloir.

— De mon *hypocrisie*.

Ruby se leva, et il enveloppa d'un regard gourmand son corps nu, ses beaux seins généreux, sa taille de guêpe, la rondeur voluptueuse de ses fesses.

— Et je donne une leçon de ski à 9 heures. Je ne peux pas me permettre d'être en retard !

Il n'avait pas du tout envie qu'elle déserte son lit !

— Laisse tomber ce job, alors. Reste avec moi.

— Tu es fou ? Sûrement pas !

— Renonce à ce job, dit-il avec un sourire langoureux. Enfuis-toi avec moi.

Alors qu'elle enfilait son slip, elle se figea.

— Que veux-tu dire ?

Ares ramena les mains derrière sa nuque.

— J'ai reçu un appel de mon pilote. Mon avion est prêt à décoller pour Sydney. Je dois y passer une semaine ou deux. Viens avec moi.

Ruby le contempla, cherchant ses mots, avant de déclarer d'un ton dur :

— Je rêve…

— Les rêves sont faits pour être réalisés.

Elle lâcha un rire amer.

— Dans ton monde, peut-être.

— Eh bien, tu y es la bienvenue.

Un moment, elle le fixa sans mot dire. Puis elle secoua la tête, le regard noir.

— Je n'irai nulle part ! Ma mère est malade. Ma famille n'a que mes revenus pour subsister !

Ares fut soulagé. Ce n'était donc qu'une question d'argent ! Pendant un instant, il avait cru qu'elle le rejetait. Rien de plus facile à résoudre que des problèmes financiers !

Et, si une part de lui était déçue qu'elle réclame de l'argent, il chassa bien vite son amertume. Soit, elle n'était pas *entièrement* différente des autres. Mais pourquoi en aurait-il été autrement ? L'argent était la principale chose qu'il avait à offrir en dehors du sexe. Ce n'était pas comme s'il pouvait donner à une femme son temps, son cœur ou son nom.

Il se mit debout, mit son boxer et gagna son bureau. Comme il n'avait que quelques milliers de dollars en liquide, il prit son chéquier.

— De combien d'argent as-tu besoin ?

Agrafant son soutien-gorge, Ruby lâcha d'un air ahuri :

— De l'argent ?

— Oui. Cinquante mille dollars ? Cent mille ?

Elle recula d'un pas.

— Cent mille dollars ?

— Ce n'est pas assez ?

— Pourquoi me donnerais-tu de l'argent ? Que veux-tu me payer ?

Ares se rembrunit. Elle n'était pas aussi reconnaissante qu'il l'avait prévu !

— Je veux que tu viennes avec moi. En Australie.

— Si tu veux passer du temps avec moi, inutile de payer. Tu n'as qu'à rester !

— À Star Valley ? Les vacances ne peuvent pas durer éternellement. J'ai à faire.

— Moi aussi !

Il haussa les sourcils d'un air incrédule.

— C'est-à-dire ? Servir des boissons ? Enseigner le ski aux enfants ?

Les beaux yeux de Ruby prirent une expression glaciale.

— Je vois. Ton métier est important, mais pas le mien, c'est ça ?

— Tu ne peux tout de même pas comparer tes petits jobs à la direction d'une multinationale. J'ai des actionnaires et des milliers d'employés. Alors que toi…

Elle plissa les yeux d'un air de mauvais augure.

— Quoi ?

Devait-il vraiment lui mettre les points sur les *i* ?

— Tu gâches ton talent, ici.

Le regard de Ruby lança des étincelles.

— De quel *talent* parles-tu ?

Ares ne comprenait pas qu'elle soit furieuse.

— Tu veux dire par là qu'au lieu de faire un travail honnête pour un salaire honnête je pourrais être employée à plein temps dans ton lit ?

Il serra les mâchoires, gagné à son tour par la colère.

— Ce n'est pas ce que j'ai dit !

— Pour quoi d'autre me payerais-tu, alors ?

— J'essaye seulement de t'aider. Tu as souligné que l'argent était un problème pour toi.

— Tu essayes de *m'acheter* !

— Nous avons passé une nuit merveilleuse. Je voudrais la prolonger. Pourquoi te sens-tu insultée ?

— Ce n'est pas moi que tu veux. Tu veux conserver *ton jouet*, dit-elle. Si tu me connaissais, tu saurais que je ne laisserai jamais tomber ma vie, mes amis, pour devenir la maîtresse entretenue du premier millionnaire venu !

Ares fut étrangement blessé par ces mots.

— Tu t'inquiètes pour ta famille. Je peux t'aider. C'est tout.

— Tu crois que l'argent me remplacerait ? Tu crois que je peux m'en aller comme ça ? Ma mère est en train de mourir !

— Comme si c'était une mauvaise chose, marmonna-t-il, songeant à ses propres parents.

Il n'aurait rien pu dire de pire. Avec un cri étranglé, Ruby quitta la chambre. Ares la suivit dans le salon.

— Arrête, Ruby, grogna-t-il. Tu es ridicule !

— Ah, en plus, je suis ridicule ? fit-elle, en se rhabillant en hâte. Mes jobs sont insignifiants, ma famille est insignifiante. Rien ne compte à part les services que je te rends au lit !

— Je n'ai pas dit ça !

— J'avais peur que ce ne soit qu'une aventure. J'avais peur de tomber amoureuse et d'avoir le cœur brisé. Mais c'est encore pire ! Je ne suis même pas une personne à tes yeux, hein ? Je suis un objet qu'on achète !

— C'est faux !

— Tu m'as proposé un chèque !

— Je commence à le regretter !

Les larmes aux yeux, elle lança avec colère :

— Tu comptais me payer à l'heure ou à la prestation ?

— Je voulais te rendre service, siffla-t-il.

— Tu es comme tous les riches, le fustigea-t-elle, égoïste et cynique jusqu'à la moelle !

— Si c'est ce que tu ressens, oublie ma proposition !

— Je l'oublierai, sois tranquille ! continua-t-elle alors qu'elle pénétrait dans le débarras pour enfiler ses après-skis et attraper ses vêtements et son sac. Et ne t'avise surtout pas de me téléphoner !

Ruby partit en claquant la porte. Ares entendit démarrer sa fourgonnette, décroître le grondement du moteur. Et se retrouva seul dans son immense chalet. Que diable venait-il de se produire ?

Le feu brûlait encore dans la cheminée, faisant danser des ombres sur le mobilier blanc et le parquet noir. Au-delà des baies, la lumière naissante rosissait la montagne enneigée.

Ruby lui avait offert la nuit la plus magnifique de son existence. Puis, dans la froideur de l'aube, elle l'avait brutalement rejeté. Il éprouva une drôle de sensation au creux de l'estomac.

Elle était réellement différente, au bout du compte. Elle n'avait pas voulu de son argent. Elle l'avait jugé tel qu'il était. Après une nuit de passion brûlante, elle avait scruté son âme pour voir ce qu'elle recelait. Et elle avait su la réponse : rien.

Eh bien, qu'est-ce que ça pouvait faire ? Il n'avait pas besoin d'elle. Pas du tout ! Il prit son téléphone.

— Dites à Santos d'approcher la voiture, dit-il à son garde du corps. Je pars.

Ruby s'essuya les yeux alors que la fourgonnette cahotait sur la route verglacée. Elle s'était mise à pleurer avant même que la porte du chalet se referme derrière elle. C'était pour cela qu'elle était partie si vite. Pour rien au monde, elle n'aurait supporté qu'Ares Kourakis la voie en larmes !

Elle était contente d'avoir à faire un long trajet pour regagner Sawtooth. Il ne fallait surtout pas que sa mère la découvre dans cet état. Et Ivy, encore moins.

Lâchant un juron étouffé, elle traversa les rues de Star Valley, désertes au lever du jour. Hormis les employés lève-tôt qui faisaient le ménage dans les hôtels et préparaient les petits déjeuners dans les cafés, tout le monde dormait encore. Ares s'était sûrement recouché. Pourquoi se serait-il soucié de l'avoir blessée ? Il trouverait sans doute quelque autre maîtresse pour la remplacer.

Alors qu'elle n'arriverait jamais à oublier Ares.

Que lui avait-il pris de se laisser séduire par ce play-boy fortuné ? Elle aurait dû savoir à quoi s'en tenir !

Elle *avait su* à quoi s'en tenir. Mais elle s'était persuadée qu'elle pouvait être une exception. Que parfois les contes de fées se réalisaient. Cela avait été magique lorsqu'ils avaient dévalé la montagne au clair de lune. Lorsqu'il l'avait embrassée près du feu. Elle avait été éblouie, perdue.

Elle avait toujours su comment se terminerait une aventure sentimentale entre un homme tel qu'Ares Kourakis et une fille comme elle. Du moins, elle l'avait cru. Mais elle n'aurait jamais imaginé qu'il lui proposerait *un chèque* !

Elle accéléra en ravalant les sanglots qui lui serraient la gorge. Pour lui, elle n'avait été qu'un plaisant interlude. Il avait pris sa virginité juste pour voir ce qu'elle avait à offrir, puis il avait décidé de… louer ses services !

Elle ralentit devant l'aéroport qui desservait la vallée. Il y avait plusieurs appareils sur le tarmac. Le plus gros était marqué du logo de Kourakis Enterprises. Si elle avait fait un autre choix, elle serait peut-être en train de monter à bord, en partance pour l'autre bout du monde. Le pire, c'est qu'elle avait réellement été tentée de le faire !

L'argent aurait pu apporter à sa mère plus de confort, de meilleurs soins. Mais il y avait une autre raison : Ruby avait eu follement envie de suivre Ares. Elle en avait honte. Devenir la maîtresse entretenue d'un homme riche… Elle aurait renié tout ce que sa mère lui avait enseigné !

Des larmes roulaient sur son visage lorsqu'elle s'engagea dans son quartier tranquille. Mais, alors qu'elle se garait devant le mobile home familial, elle ne vit pas la vieille Coccinelle jaune de sa sœur. Bizarre.

Déverrouillant la porte, elle jeta un coup d'œil dans la cuisine. Aucune lumière.

— Coucou ? lança-t-elle doucement pour éviter de réveiller sa mère. Il y a quelqu'un ?

Les lieux étaient vides ! Se rappelant les appels d'Ivy, elle fouilla dans son sac et ralluma son téléphone. Elle constata avec horreur que sa sœur avait tenté de la joindre une dizaine de fois.

Paniquée, elle appela Ivy et fut soulagée qu'elle décroche dès la deuxième sonnerie.

— Qu'est-ce qui ne va pas ? demanda-t-elle, haletante.

Avec des pleurs dans la voix, Ivy demanda :

— Où étais-tu passée ?

— Je suis désolée, dit Ruby d'un ton coupable, je…

— Ça n'a plus d'importance, tu arrives trop tard. Je suis à l'hôpital, coupa sa jeune sœur d'une voix atone. Maman vient de nous quitter.

5.

Quatre mois plus tard, il bruinait sur Paris au moment où Ares quittait son luxueux hôtel de l'avenue George-V par une soirée pluvieuse du mois d'août. Un parapluie apparut comme par magie au-dessus de sa tête alors qu'il gagnait sa Bentley.

— Bon voyage, monsieur, dit en français le portier de l'hôtel.

Ares, son mobile à l'oreille, répondit d'un signe de tête, tandis que Georgios, son garde du corps, l'escortait en tenant le parapluie. Il pensait déjà au rendez-vous qui l'attendait à Bombay et n'écoutait qu'à moitié son assistante de direction, Dorothy, qui lui parlait depuis New York.

— Nous avons encore eu un appel de Poppy Spencer, continua-t-elle. Elle voudrait confirmation de votre présence à son gala de charité samedi prochain.

Ares soupçonnait son ancienne maîtresse de vouloir lui jeter à la figure ses récentes fiançailles — dont il se souciait comme d'une guigne.

— Je serai à New York à ce moment-là ?

— Oui, monsieur. Un grand nombre de vos associés et clients figurent parmi les invités. C'est pour les enfants qui…

— Soit, coupa Ares. Réservez une table. Quoi d'autre ?

Il y eut un silence. Et un silence de Dorothy avait de quoi éveiller son attention ! Elle ne lui faisait jamais perdre son temps, une des raisons qui la lui rendaient indispensable.

— Je ne sais pas comment vous annoncer ça, monsieur.

— Seigneur ! Ne me dites pas que vous démissionnez ?

— Vous n'y survivriez pas, dit-elle avec un rire.

Elle hésita de nouveau, puis :

— Une femme a téléphoné au siège, il y a une heure. On a fini par me transmettre son appel. Elle prétend... Enfin, je ne l'aurais pas crue, mais vous étiez à Star Valley à l'époque...

« Star Valley ». La main d'Ares se crispa sur le portable.

— *Qui* vous a téléphoné ?

— Une femme du nom de... Ruby Prescott.

Ares s'immobilisa. Son garde du corps, qui tenait le parapluie, faillit le heurter.

— Et que voulait-elle ?

— Mlle Prescott désirait vous parler. Mais, comme elle ignorait votre numéro personnel, j'ai répondu que vous n'étiez pas disponible et je lui ai suggéré de laisser un message.

Fixant les lumières qui se reflétaient dans les flaques sombres des trottoirs parisiens, Ares lâcha :

— Et ?

— Elle a dit qu'elle était contente de ne pas avoir à vous parler. Parce que... euh...

— Crachez le morceau, Dorothy.

— Elle prétend qu'elle est enceinte. De vous.

Ares en resta sans voix.

— C'est le message, fit Dorothy. Je regrette d'avoir eu à me mêler d'une affaire aussi personnelle...

Georgios ouvrit la portière et Ares prit place sur le siège arrière de sa Bentley. Il serrait si fort son mobile que les doigts lui faisaient mal. Il regarda sans vraiment les voir, à travers la vitre, la rue pluvieuse du VIIIe arrondissement, les immeubles Belle Époque inondés de lumière.

Ruby, *enceinte*. Enceinte ? C'était impossible ! Ils avaient pris des précautions !

Il se remémorait encore ce qu'il avait ressenti lorsqu'il l'avait embrassée. Lorsqu'il avait entendu ses soupirs de reddition. Lorsqu'elle avait frémi et crié de plaisir entre ses bras. Tout comme lui.

Et elle était vierge avant qu'il la prenne. Il n'avait jamais été le premier amant d'une femme. Il s'était déniaisé à dix-huit ans, plus tard que la plupart de ses amis. Il avait voulu, en idéaliste, attendre l'amour. Et il avait attendu, jusqu'à ce qu'il tombe amoureux d'une Française après ses études secondaires au pensionnat. Ce n'est qu'à la fin de l'été que son père lui avait révélé que Melice était une prostituée, rémunérée par lui.

« Je l'ai fait pour ton bien, mon garçon. Ces rêveries niaises sur l'amour commençaient à me taper sur les nerfs. Maintenant, tu sais ce que veulent toutes les femmes : l'argent. Tires-en une bonne leçon. »

Georgios claqua la portière, et Ares tressaillit.

— Monsieur ? Vous êtes toujours en ligne ?

Revenant à Dorothy, Ares lui demanda le numéro de téléphone de Ruby. Quelques instants plus tard, alors que le chauffeur s'engageait dans le trafic parisien, Ares comptait les sonneries, à l'autre bout du fil. Pourquoi ne répondait-elle pas ?

Lorsqu'il avait quitté Star Valley, il avait cru pouvoir l'oublier. Au lieu de cela, il avait subi quatre mois de douloureuse abstinence. Son corps perfide rejetait toute autre femme. Il ne pensait qu'aux formes voluptueuses de Ruby, à sa bouche enchanteresse…

Ruby lui avait ordonné de ne jamais lui téléphoner. Et maintenant… elle était enceinte. Elle attendait un enfant de lui.

— Allô !

En entendant enfin la voix de Ruby, il eut un étrange élan, qu'il s'efforça de refréner.

— Est-ce vrai ?

Elle ne demanda ni qui il était ni de quoi il parlait.

— Oui.

— Es-tu sûre que le bébé est de moi ?

— Je n'ai couché avec aucun autre homme, répondit-elle d'un ton catégorique. Alors, j'en suis tout à fait sûre, oui.

Il attendit, mais elle resta silencieuse. Si elle était enceinte, pourquoi ne réclamait-elle rien ? Il aurait adoré lui renvoyer à la figure son refus orgueilleux lorsqu'il lui avait offert de l'argent ! Oh oui ! Mais elle ne pipait mot.

— Que veux-tu ? De l'argent ? finit-il par dire. Parce que si tu t'imagines que je vais t'épouser…

— Je ne demande rien. J'ai pensé qu'il fallait te mettre au courant, c'est tout.

Là-dessus, elle coupa le contact. Ares, sidéré, fixa le mobile muet. Ruby lui avait raccroché au nez !

S'il avait eu affaire à une autre femme, il se serait méfié et aurait exigé un test de paternité. Mais elle les avait rejetés, lui et son argent, de façon si définitive qu'il ne pouvait que la croire. Et il était clair que le fait d'être enceinte de lui l'horrifiait.

Alors que la Bentley traversait Paris en direction de l'aéroport, Ares laissa son regard se perdre dans le vide.

Il savait qu'il n'avait ni l'étoffe d'un bon mari ni celle d'un bon père. Pas après l'éducation qu'il avait reçue. Il n'avait pas connu d'autre cellule familiale que celle de ses parents. Il n'avait aucune envie de reconduire un malheur tel que le leur en accueillant dans sa vie une femme et un enfant qui seraient prisonniers d'un mariage sans amour. Il connaissait ses limites. Et Ruby réaliserait vite, si ce n'était déjà fait, qu'elle ferait mieux d'élever seule cet enfant.

Mais il pouvait, en revanche, offrir de l'argent. Ni Ruby ni le bébé qu'il avait engendré ne manqueraient de rien.

Il donnerait à Ruby le chalet, une voiture et une belle somme d'argent. Un fonds en fidéicommis pour l'enfant. Elle ne serait plus jamais obligée de travailler.

Oui, il était résolu à subvenir à leurs besoins. Ruby continuait sûrement à mener de front trois jobs malgré son état. C'était peut-être pour cela qu'il lui avait trouvé la voix si lasse…

Et s'il l'emmenait à New York ? Là-bas, il pourrait veiller à ce qu'elle prenne soin d'elle. Par fierté, elle refuserait. Mais il insisterait. Il aimait l'idée de l'emmener à New York. Dans son royaume personnel.

Il composa le numéro de Dorothy pour modifier son emploi du temps. Oui, il pourrait se débarrasser une bonne fois pour toutes de son obsession pour Ruby Prescott. Il avait tenté de l'oublier, en vain, mais il finirait par assouvir sa faim. Alors, et seulement alors, il serait libre.

Il la garderait à New York pendant sa grossesse et, tout en veillant à ses besoins et à ceux du bébé, il essayerait d'attirer Ruby dans son lit. Il parviendrait enfin à se délivrer du désir insensé, inopportun, qu'elle lui inspirait !

— Ça y est, je l'ai mis au courant pour le bébé, lança Ruby, dans la cuisine. J'espère que tu es contente !

Ivy la dévisagea d'un air dur. Depuis que Ruby lui avait annoncé, la veille, qu'elle était enceinte d'Ares Kourakis, elle n'avait pas arrêté de pleurer. Ni décoléré.

— Pourquoi diable devrais-je me réjouir ? dit-elle.

— Parce que je lui ai téléphoné. Tu as gagné !

Ivy posa d'un geste rageur un plateau de muffins maison tout juste sortis du four. Pendant toute la matinée, elle avait préparé fournée sur fournée, apportant des petits gâteaux aux voisins tout en interdisant à Ruby d'en toucher un seul et en lui répétant d'avertir Ares.

Épuisée, Ruby avait cédé. Cela n'avait pas été une

partie de plaisir. Supplier plusieurs correspondants pour pouvoir laisser un message au grand patron l'avait humiliée. Quand enfin elle avait pu parler à son assistante, elle était tellement énervée qu'elle avait lâché tout à trac la nouvelle. Moins de dix minutes plus tard, Ares l'appelait. Ivy semblait furieuse de la manière dont Ruby avait conduit la discussion.

— Qu'est-ce qui t'a pris de dire que tu ne voulais rien ? Mais à quoi pensais-tu ? dit-elle d'une voix mordante.

— Je t'ai obéi, répondit froidement Ruby. Je l'ai averti. Point final. Il se fiche de tout ça.

— Mais il payera !

— Je ne veux pas de son argent.

Ruby s'empourpra en se rappelant de quelle façon, après l'avoir séduite, Ares avait cru pouvoir l'acheter. Il était hors de question qu'elle lui réclame de l'argent !

— Tu es complètement folle ! s'écria Ivy. À quoi bon le mettre au courant si c'était pour l'envoyer promener ?

— Pour que tu me laisses tranquille !

— Tu n'es qu'une idiote !

— Pourquoi ? Parce que je n'essaye pas de lui soutirer de l'argent ? Parce que, contrairement à d'autres, j'ai ma fierté ?

— Ta fierté ? fit Ivy, la fusillant du regard. Tu condamnes ton bébé à grandir sans le sou ! Comment payeras-tu la garderie ?

L'estomac noué, Ruby affirma :

— Je me débrouillerai.

— On se moquera de ton enfant à l'école, enchérit Ivy, au bord des larmes, comme on s'est moqué de nous parce qu'on portait des vêtements d'occasion.

— Je les aimais bien, moi, ces vêtements ! Ils m'ont montré que les tenues vintage peuvent être fantastiques.

— Et, accepter la charité, ça te plaisait ? Ça te plaisait que maman pleure la nuit quand elle croyait qu'on ne l'entendait pas ? Quand elle n'arrivait pas à payer les factures ?

Ruby fut réduite au silence.

— Maman s'épuisait au travail, et ça ne suffisait pas, continua Ivy avec un rire amer. Elle était contente, à ton avis, d'aller supplier pour obtenir des aides sociales ? Où sera ta fierté, quand tu devras faire la même chose ?

Ruby baissa la tête, en proie à une violente nausée.

Au cours des derniers mois, elle avait tenté de faire face. Cependant, ses maigres économies avaient été englouties par les frais médicaux de Bonnie. Pour l'enterrement, les amis et voisins avaient apporté fleurs et nourriture. Mais le service pourtant simple avait coûté cher et Ruby ne savait pas comment éponger cette dette.

Pour comble, un mois après le décès de sa mère, elle avait réalisé qu'elle était enceinte. L'unique fois où elle s'était autorisée à prendre du plaisir, elle avait été triplement punie. Bonnie était morte à l'hôpital sans qu'elle puisse lui dire adieu. Elle avait le cœur brisé. Et, malgré sa bravade, elle avait très peur. Elle n'aurait jamais cru qu'elle répéterait les erreurs de sa mère. Pourtant, elle était en passe de mener une existence comparable à la sienne !

— Dire que je t'admirais, soupira Ivy. Je te trouvais si intelligente et si forte. Et regarde où tu en es !

— Je ne peux pas solliciter Ares ! Je ne peux pas !

— As-tu perdu la tête ? Maman n'a pas eu le choix, elle. Toi si. Tu *dois* le solliciter ! Après tout, qu'est-ce que tu en sais ? Ares te donnerait peut-être beaucoup d'argent. Il se pourrait même qu'il *t'épouse*.

Un mariage ? Ruby eut la gorge sèche.

— Là c'est toi qui perds la tête ! s'écria-t-elle.

— Au minimum, il versera une pension alimentaire. Tu pourrais vivre dans le confort. Non seulement tu m'as volé mon rêve, mais en plus tu piétines tout ! Tu gâches ta vie et celle de ton bébé !

Soudain tremblante, Ruby dévisagea sa sœur.

— Si j'acceptais l'argent d'Ares, je deviendrais sa chose. Il…

Elle n'acheva pas, incapable de dire ce qu'elle redoutait le plus : qu'il la séduise, l'amène à l'aimer ou lui brise le cœur.

— Bon, résumons, dit avec froideur Ivy. Tu ne demanderas pas qu'on t'épouse, tu ne voudras pas d'argent, et même pas de pension alimentaire !

— C'est ma vie, Ivy !

— Et c'est ton bébé qui en souffrira !

Elle tira de l'armoire la vieille valise de leur mère et commença à y entasser des affaires.

— Eh bien, je ne vais pas rester pour voir ça !

— Mais que fais-tu ?

— Ce que j'aurais dû faire depuis longtemps : partir.

— Tu t'en vas ?

— Pourquoi resterais-je ? Parce que tu me donnes le bon exemple ?

Impuissante, Ruby s'éloigna. *Ivy est bouleversée, c'est tout*, se dit-elle. *Mais une fois qu'elle aura réfléchi elle se calmera.*

Cependant, le temps qu'elle ait lavé les assiettes, rangé la farine et le sucre, essuyé le plan de travail, Ivy avait entassé dans sa vieille Coccinelle tout ce qu'elle pouvait contenir.

Soudain, elle apparut sur le seuil de la cuisine, les clés de contact à la main, et lança :

— Eh bien, je n'ai plus qu'à te dire adieu.

La gorge nouée, Ruby murmura :

— Je t'en prie, ne pars pas. Je ne vais pas te perdre, toi aussi.

— Ne contrains pas ton bébé à vivre dans la pauvreté, Ruby. C'est de la fierté mal placée.

Là-dessus, sa jeune sœur de dix-neuf ans s'en alla,

la laissant seule dans la cuisine du mobile home. Elle entendit démarrer la Coccinelle. Puis ce fut le silence.

Des nausées lui levèrent le cœur, et elle se cramponna au plan de travail pour se soutenir. Elle s'était fait porter pâle pour ses trois jobs, ce matin-là. Elle n'avait presque pas dormi, et ses nausées matinales s'étaient aggravées. Elles l'avaient déjà contrainte à s'absenter plusieurs fois — sans indemnités journalières. Elle s'endettait. Et son bébé n'était même pas encore né.

Que feras-tu si tu tombes malade ?

Elle courut à la salle de bains, arrivant juste à temps pour soulager son estomac. Puis elle prit une douche prolongée pour tenter de dissiper son angoisse et sa peur. *Je trouverai un moyen*, se dit-elle alors qu'elle mettait un pyjama propre. *J'ai juste besoin d'un plan.*

Elle prit une boîte de biscuits salés, un carnet et un stylo, et s'installa sur le canapé. Elle but un peu d'eau et croqua quelques biscuits. Puis elle fixa la page blanche. Il fallait qu'elle trouve…

Plusieurs heures plus tard, elle se réveilla, désorientée. Le salon était plongé dans l'obscurité. Quelqu'un frappait à grands coups contre la porte. Elle poussa un soupir de soulagement. Ivy était revenue !

Rabattant la couverture, elle se rua vers la porte et l'ouvrit toute grande. Mais ce n'était pas Ivy.

Ares Kourakis se tenait sur le seuil. Garée derrière lui, dans la rue, la silhouette rutilante d'une voiture de sport noire précédait un 4×4. Un homme à forte carrure était planté devant le véhicule, bras croisés.

— Salut, Ruby.

Levant sur Ares des yeux écarquillés, Ruby balbutia :

— Qu'est-ce que tu fais ici ?

Les lèvres sensuelles d'Ares s'incurvèrent.

— Tu m'as téléphoné, non ?

— Je n'aurais jamais pensé…

— Pensé quoi ? Que je voudrais subvenir aux besoins de mon enfant ? coupa-t-il, mordant.

Le regard noir, il entra. Sous le choc, elle le suivit dans la cuisine enténébrée.

Ares. Ici. Ruby n'arrivait pas à en détacher les yeux. Il était si grand et si beau dans ses vêtements noirs ! Sa présence la bouleversait.

— Je… te croyais à Paris.

— Tu supposais que je serais resté sans réaction après m'avoir raccroché au nez ?

— Je…

Il était si près qu'il aurait pu la toucher. Ses cheveux bruns étaient un peu plus longs que dans son souvenir, ajoutant une note rebelle à son allure impeccable. Comme s'il cachait sous son apparence d'homme élégamment vêtu un barbare prêt à tout.

— As-tu vu un médecin ?

— Bien sûr ! Une fois.

— Seulement une ?

— Ça coûte cher, fit-elle valoir, sur la défensive. Mais j'ai des vitamines et tout ce qu'il faut…

— Tu les prends régulièrement ?

— J'ai des nausées matinales. Ce n'est pas toujours facile de garder ce que j'avale. J'ai dû m'absenter parfois de mon travail…

— Ça, c'est terminé. J'ai téléphoné à tes employeurs pour les informer de ta démission.

Ruby émit un cri étranglé avant d'éclater :

— Quoi ?! Tu t'es arrangé pour que je ne puisse pas subvenir aux besoins de mon bébé ?

— À dater de maintenant, c'est ma mission.

— Salaud ! s'écria-t-elle, des larmes de fureur lui montant aux yeux. Comment as-tu pu faire ça ?

— Très facilement. Maintenant que tu es enceinte de moi…

Son regard viril se promena sur ses seins alourdis et le renflement de son ventre, visible sous son pyjama. Il leva le bras, posant une main sur sa joue, et grommela :

— Tu n'as plus le droit de me rejeter.

Malgré sa fureur, au contact de ses doigts virils, Ruby se sentit frémir. Elle s'était efforcée de haïr Ares depuis leur aventure. Le jour, elle pouvait se remémorer les excellentes raisons qu'elle avait de le détester : la froideur avec laquelle il avait déclaré que la disparition de sa mère ne serait pas une mauvaise chose ; la façon dont il avait tenté de l'acheter pour qu'elle laisse tomber sa famille.

Mais, la nuit, il hantait ses rêves, et elle était obsédée par le souvenir brûlant de leurs corps pâmés, de sa voix rauque dans les ténèbres, qui lui murmurait son désir. Et à présent un enfant de lui était en train de grandir dans son ventre…

— Tu ne comprends pas, dit-elle. J'arrive tout juste à m'en sortir. Les frais médicaux de ma mère nous ont ruinées. J'ai dû emprunter pour son enterrement…

— Son enterrement ?

— Elle est morte la nuit où nous étions ensemble. Quand je l'ai su… il était trop tard.

— Je suis navré, dit-il à voix basse, sa main virile glissant de sa joue vers son épaule. Je sais combien tu l'aimais.

Un instant, Ruby accepta ce geste de réconfort. Puis elle s'écarta. Elle ne pouvait pas permettre qu'Ares devine qu'il avait, aujourd'hui encore, le pouvoir de l'affecter.

— C'était encore plus dur pour Ivy, souffla-t-elle. Elle est si jeune…

Sa voix se brisa alors qu'elle se remémorait ce qui s'était produit, et elle continua avec un rire amer :

— Elle vient de partir. Elle était furieuse que je sois enceinte. Et encore plus furieuse que je ne t'aie pas demandé d'argent. Elle prétend que j'ai volé son rêve.

Ares la regarda.

— Est-ce le cas ?

— Comment ça ?

— T'es-tu arrangée pour tomber enceinte ?

— Bien sûr que non !

Ares la scruta, puis il secoua la tête.

— S'il s'agissait d'une autre femme, j'aurais des doutes. Mais, en ce qui te concerne, non, dit-il avec une expression cynique. Il est clair que la situation ne t'enchante pas.

Doucement, Ruby posa les mains sur son ventre arrondi.

— J'aime déjà cet enfant. Mais…

— Mais ça te fait horreur que je sois son père.

Elle baissa les yeux.

— Non… Pas vraiment…

— Ah ? fit-il avec douceur.

— Mais j'ai ton égoïsme en horreur. Et ton arrogance. Je suis révoltée que tu aies voulu me payer pour que j'abandonne ma mère afin de parcourir le globe avec toi.

— Je ne voyais pas ça comme ça ! dit-il en serrant les mâchoires.

— Si tu voulais me revoir, tu n'avais qu'à proposer un rendez-vous, au lieu de tendre un chèque ! Et de m'expliquer que la mort de ma mère n'était pas forcément un malheur !

— J'essayais de te réconforter

— De me réconforter ! hoqueta Ruby.

— Oui. Ma vie a été bien meilleure après la mort de mes parents.

Ruby, sidérée, vit à l'expression d'Ares qu'il était sérieux.

— C'est horrible de dire une chose pareille, lâcha-t-elle.

— Ce qui est horrible, c'est qu'elle soit vraie.

Il avança dans la pénombre de la cuisine, envahissant l'espace personnel de Ruby.

— Tu vas faire tes bagages.

— Mes bagages ? Pourquoi ?

— Pour aller à New York.

— Il n'est pas question que j'aille là-bas !

— Comme je ne peux pas te faire confiance pour que tu prennes soin de toi, ni pour que tu acceptes mon argent, tu seras sous ma protection pendant la suite de ta grossesse. Je ne te laisse pas le choix.

Il était si proche… Tous les sens de Ruby lui criaient : Danger ! Même si elle vibrait de désir et de nostalgie.

— Tu as pensé à tout, hein ? Tu m'as démissionnée de tous mes boulots !

— Pour ton bien, lâcha Ares, impatienté. Pourquoi me combats-tu, Ruby ? Vaut-il mieux que tu te débattes avec la fatigue et les factures impayées ? Crois-tu que je veuille que mon enfant soit élevé ainsi ?

— Je sais ce qui se passe lorsqu'un homme riche se lasse de ses engagements, murmura-t-elle. Dans quelques jours, ou quelques semaines, tu changeras d'avis et tu me jetteras à la rue. Je n'aurai ni argent ni travail ! Ma situation sera encore pire !

— Ne m'insulte pas, fit-il, le regard étincelant. Je pourvoirai toujours à vos besoins.

— Je n'irai pas à New York. Nous nous connaissons à peine. Et ce que nous savons l'un de l'autre nous déplaît !

Les lèvres sensuelles d'Ares s'incurvèrent. Se rapprochant d'elle au point qu'ils se touchaient presque, il dit avec douceur :

— Certaines choses ne nous déplaisent pas tant que ça.

Un frisson la parcourut et, comme le regard brun d'Ares rencontrait le sien, elle fut incapable de songer à autre chose qu'à la nuit torride durant laquelle cet enfant avait été conçu. Aux élans de passion brute qui les avaient unis à la lueur des flammes.

Elle ne devait pas se rappeler tout cela ! Ressentir des choses ! Désirer Ares !

— Au terme de ta grossesse, tu pourras revenir à Star Valley si tel est ton choix, dit-il en embrassant du regard la cuisine délabrée. Tu auras l'acte de propriété de mon chalet et un généreux revenu. Ainsi que tout ce que tu pourrais désirer d'autre.

Ares voulait lui donner sa demeure à trente millions de dollars ? Elle allait se sentir mal.

— Je… Je n'en veux pas.

— Pourquoi ?

Ruby porta la main à son front, prise de vertige.

— On n'a jamais rien sans rien.

— Soyons francs, Ruby. Comme tu l'as dit, je suis froid et égoïste. Je ne peux t'offrir ni l'amour ni le mariage. Et nous savons l'un et l'autre que je ne ferais pas un bon père.

Elle le dévisagea. Il avait l'air si tourmenté. Si… vide.

— Qu'en sais-tu ? As-tu d'autres enfants ?

Il secoua la tête.

— J'ai toujours pris des précautions.

— Nous avons pris des précautions, souligna-t-elle.

— Oui, dit-il avec un faible sourire. Mais, si une autre femme était tombée enceinte de moi, elle aurait essayé d'en tirer profit.

— Je n'essaye pas de profiter de toi, dit-elle, blessée.

— Je préférerais que tu le fasses. Je ne tolérerai pas que tu continues à m'insulter en supposant que je t'abandonnerais à la pauvreté avec mon enfant. Et maintenant va t'habiller.

Ruby eut l'impression que le sol s'ouvrait sous ses pieds.

— Je n'irai pas.

— Ta mère est morte, Ruby. Ta sœur est partie. Pourquoi tiens-tu à rester ? Aurais-tu peur d'être seule avec moi ?

Peur ? Elle était *terrifiée* ! Elle releva pourtant le menton d'un air de défi.

— Pourquoi aurais-je peur ?

— D'une façon ou d'une autre, tu m'obéiras. Et, tout bien réfléchi, inutile de faire tes bagages. Je m'arrangerai pour qu'une nouvelle garde-robe t'attende à New York. Tu as deux minutes, laissa tomber Ares. Sinon…

— Sinon ?

— J'appelle Georgios pour qu'il t'embarque comme un vulgaire paquet. Bon, je t'attends dehors.

Deux minutes plus tard, Ruby sortit. Elle portait un short violet vif et un T-shirt des années 1980 imprimé d'un arc-en-ciel sur son ventre rond. Après avoir verrouillé la porte du mobile home, elle noua ses cheveux à l'aide d'un ruban jaune vif, puis mit son sac en toile en bandoulière.

Ares était au volant de sa Lamborghini et, derrière lui, dans le 4×4, son garde du corps l'avait imité.

— Je te déteste, grommela-t-elle en prenant place sur le siège du passager.

— Je fais ça pour ton bien.

— Si tu le redis encore une fois, je te flanque une gifle.

Ares l'enveloppa d'un regard suggestif.

— Je ne demande pas mieux…

Il démarra. Les deux véhicules traversèrent Sawtooth, et s'engagèrent sur l'autoroute. Ruby prit une profonde inspiration. L'odeur des pins, de la rivière, des champs de coton lui vint aux narines et, à l'idée de quitter sa vallée, elle éprouva un serrement de cœur. *New York. Avec Ares Kourakis.*

Sur le tarmac du petit aéroport régional, le jet de Kourakis Enterprises était pareil à un énorme monstre. Elle le contempla d'un air impressionné alors que le bolide noir s'arrêtait à proximité.

Plusieurs personnes attendaient au bas de la passerelle. Un homme aux cheveux poivre et sel avança, sourire aux lèvres.

— Voici M. Martin, le gardien de mon chalet, dit

Ares. Sa femme et lui veilleront sur ce que tu laisses derrière toi : le mobile home, la fourgonnette. Toutes tes factures sont payées. Remets-lui tes clés.

Ruby obtempéra.

— Ne vous inquiétez pas, mademoiselle Prescott. Nous aurons l'œil à tout, assura M. Martin avec un sourire.

Alors qu'il se retirait, elle réalisa qu'elle tremblait.

— Tout ça est peut-être une erreur…, souffla-t-elle.

— Il est trop tard pour changer d'avis, dit Ares. Allons, monte.

— J'ai peur.

Il posa une main sur sa joue, lui effleura la lèvre du bout du pouce et murmura en se penchant :

— Nous savons qu'il reste des choses en suspens entre nous.

Sa caresse lui fit l'effet d'une brûlure. Des frissons gagnaient ses seins, son corps, le cœur de sa féminité. Il lui sembla que le souffle lui manquait. Puis soudain Ares se détourna.

Elle suivit du regard sa haute silhouette athlétique alors qu'il montait la passerelle. Seigneur, qu'avait-elle fait ? Pourquoi s'était-elle donnée à un tel homme ?

Il avait raison, elle avait besoin de son aide, même s'il lui déplaisait de l'admettre. Elle irait à New York pour son bébé. Mais elle ne coucherait plus avec Ares ! Les relations sexuelles n'entraient pas dans leur marché !

La tête haute, elle le suivit. Une fois dans la cabine, elle ne put s'empêcher d'écarquiller les yeux. On était loin de la classe économique ! Le jet spacieux d'Ares respirait l'élégance.

Une hôtesse de l'air l'accueillit avec chaleur.

— Bienvenue à bord, mademoiselle Prescott, dit-elle avec un sourire, lui présentant un plateau d'argent avec un verre en cristal rempli d'eau fraîche. Désirez-vous un peu d'eau pétillante ? Autre chose ?

— Ceci ira très bien, merci, dit Ruby en prenant le verre.

Elle jeta un coup d'œil sur l'homme brun et costaud qui venait de monter à bord.

— Georgios, mon garde du corps, précisa Ares, qui, déjà assis à une table, ouvrait son ordinateur.

— Bonjour, mademoiselle, dit Georgios avec un sourire. En fait, je suis plutôt un homme à tout faire. Si vous avez besoin de quoi que ce soit, faites-moi signe. Veuillez m'excuser, je dois téléphoner à ma femme.

Il disparut dans un compartiment à l'avant de l'avion.

— Et je suis à votre disposition pour vous rendre le voyage agréable, enchérit l'hôtesse. Quels que soient vos désirs, je les réaliserai !

— Dans ce cas, répliqua Ruby, je prendrai un homard thermidor et des myrtilles, s'il vous plaît.

L'hôtesse rayonna.

— Bien sûr ! Je lance la préparation tout de suite ?

Ruby en resta bouche bée. Elle n'avait pas la moindre idée du goût de ce plat, mais c'était le plus extravagant dont elle eût entendu parler.

— Je plaisantais ! s'écria-t-elle.

— Ne plaisante jamais avec le personnel, fit Ares, avant de s'adresser à l'hôtesse : Merci, Michelle. Vous pouvez disposer.

Tandis que Ruby suivait des yeux l'hôtesse qui s'éloignait, Ares déclara d'un air sérieux :

— Tu ne réalises pas l'étendue du changement qui vient de se produire, c'est clair. Tu vas mener la même vie que moi, dans le luxe et le confort. À partir de maintenant, tu n'as d'ordres à recevoir de personne.

Il ajouta après une pause :

— Sauf de moi.

Elle se tourna vers lui en essayant de dissimuler son émoi.

— Je suis enceinte de toi, en effet. Et je reconnais qu'il

y a toujours une certaine… attirance entre nous. Mais qu'une chose soit claire, Ares : je ne t'appartiens pas. Je te permets de subvenir à mes besoins et à ceux du bébé, puisque tu ne me laisses pas le choix. Mais ça ne signifie pas que tu m'as achetée. Je ne coucherai pas avec toi.

Ares haussa les sourcils en disant d'un ton léger :

— Il me semble avoir déjà entendu ça.

Ruby s'empourpra en se remémorant de quelle façon elle lui avait déclaré, à l'Atlas Club, qu'elle était « hors de portée » pour lui… pour lui tomber dans les bras peu de temps après.

— Je sais maintenant ce qu'il en coûte d'agir sans réfléchir.

Ares se leva, traversa la cabine et la prit dans ses bras.

— Toute ta vie, lui dit-il d'une voix rauque, tu t'es occupée des autres. De ta mère. De ta sœur. Mais c'est fini, désormais. Je prendrai soin de toi. Et du bébé. Vous êtes tous les deux à l'abri. Tu peux te reposer.

Enlacée par ses bras puissants, Ruby eut soudain les larmes aux yeux. Elle avait attendu ces paroles depuis toujours. Mais même sa mère, qui l'aimait tant, n'avait jamais pu les prononcer.

Il était terriblement tentant de s'en remettre à quelqu'un pour tout assumer ! Ares avait fait un long chemin pour la rejoindre et prendre les choses en main. Cela le différenciait déjà de son propre père et de celui d'Ivy. Et aussi de Braden.

Mais elle n'avait pas la naïveté de croire qu'il était du genre à rester fidèle à une seule femme. Il avait reconnu lui-même que ni l'amour ni le mariage n'étaient son fort. Il n'avait même pas envie d'essayer d'être un véritable père. L'argent était sa seule contribution.

Soit. Elle le laisserait faire. Mais elle n'espérerait surtout pas qu'il pourrait apporter autre chose. Une fois que leur bébé serait né — peut-être même avant ! — il la renverrait à Star Valley. Il l'avait déjà envisagé. Hormis son argent, il n'avait rien à lui offrir.

Et pour sa part… elle n'avait que son cœur à donner.

Pourtant, elle n'avait pas la force de le repousser. Depuis la mort de Bonnie, elle s'était débattue seule, sans personne vers qui se tourner. Aujourd'hui, même sa sœur lui avait tourné le dos, mais elle était si habituée à combattre qu'elle était incapable de lâcher prise.

— Ça va aller, lui murmura doucement Ares.

Elle s'aperçut qu'elle pleurait à chaudes larmes. Il la réconforta, lui donnant des baisers sur le front, les joues.

— Ça va aller… Tu es à l'abri. Je veillerai sur toi et sur le bébé. Je me charge de tout.

Il dégageait tant de force, de puissance, qu'elle ferma les yeux et s'abandonna contre son torse. Tandis qu'il lui caressait le dos, peu à peu, elle cessa de trembler et de pleurer. Lorsqu'elle leva les yeux et que leurs regards se croisèrent, elle éprouva un sentiment très différent du réconfort : un accès de désir brûlant. Comme les yeux d'Ares se posaient sur ses lèvres, une sorte de courant électrique passa soudain entre eux.

— Monsieur Kourakis, nous sommes prêts pour le décollage, annonça le pilote dans les haut-parleurs.

Empourprée, Ruby s'écarta et gagna un siège à l'autre bout de la cabine dans l'espoir qu'Ares ne la rejoindrait pas.

En effet, il regagna sa place sans un mot. Le moteur gronda, l'avion roula sur la piste, prit de la vitesse. Par le hublot, Ruby vit filer les bâtiments disséminés du petit aéroport, la route argentée, les peupliers et les pins. C'était comme si elle rompait ses amarres avec le chagrin provoqué par la mort de sa mère, la culpabilité que lui inspirait sa sœur, les factures impayées, les dettes, l'épuisement et la peur. Elle laissait tout cela derrière elle.

Dans une accélération et un soubresaut, ils décollèrent, s'élevant au-dessus des montagnes dentelées dans le ciel bleu et clair.

6.

— Je n'en reviens pas d'être ici, souffla Ruby.

Alors que la Rolls Royce traversait le pont George Washington pour entrer dans Manhattan depuis le petit aéroport du New Jersey, elle tourna la tête vers le sud et les gratte-ciel.

La joie de Ruby faisait plaisir à voir, pensa Ares, assis près d'elle à l'arrière de la limousine. Il se rappelait le regard qu'elle avait levé sur lui avant leur départ de Star Valley, ses beaux yeux étincelants de larmes, ses lèvres entrouvertes en une invite inconsciente.

S'il n'y avait pas eu l'interruption du pilote, il l'aurait sans doute embrassée, puis emmenée dans la chambre pour la posséder en plein ciel. Mais elle s'était réfugiée sur un siège éloigné, d'un air courroucé. Dès que l'avion avait atteint sa vitesse de croisière, elle s'était retranchée dans la chambre au fond de la cabine, se disant épuisée. Mais il connaissait son motif véritable : la peur. Et elle avait raison d'avoir peur. Il avait à peine entrepris sa conquête…

Alors qu'ils roulaient à travers la ville, Ruby soupira :

— Comme c'est beau !

— Vraiment ?

On aurait dit que New York s'associait à son entreprise de séduction ! Le soleil matinal éclaboussait d'or l'Hudson River, perçait de rose les nuages et se reflétait sur les immeubles. Un décor de rêve.

Ruby se tourna vers lui, émerveillée.

— Il y a combien de temps que tu vis ici ?

— J'avais douze ans quand j'y suis venu la première fois, après quelques années de pensionnat dans le Connecticut. J'ai moi aussi été ébloui par New York. Je m'y suis installé de façon permanente à vingt-deux ans, quand j'ai hérité de l'entreprise familiale. J'ai déplacé ici le siège qui se trouvait à Athènes.

— Tu as déménagé ton entreprise ?

— Je voulais du changement. Signer une nouvelle ère pour Kourakis Enterprises.

— Pourtant, Athènes aussi est une grande ville…

— J'avais besoin de changement, répéta Ares d'un ton dur.

Sans un mot d'excuse, il détourna les yeux. Il ne pouvait pas s'expliquer. Après sa désastreuse liaison avec la Française qui avait disparu dès que son père l'avait payée, il s'était juré de ne plus se laisser prendre au piège de l'amour. Puis, avant sa dernière année d'études à Princeton, il s'était épris d'une jeune Grecque. Fille d'un boucher de Pláka, Diantha était jeune et virginale. Il avait respecté sa décision d'attendre le mariage pour se donner à lui. Il voulait demander sa main dès qu'il aurait son diplôme, dût-il pour cela être déshérité par ses parents.

Puis son père était mort soudainement, provoquant le retour d'Ares à Athènes. En traversant les rues sinueuses pour se rendre chez Diantha, il l'avait surprise dans les bras du commis boucher.

— Qu'imaginais-tu ? Que j'allais rester vierge ? lui avait-elle lancé. Tu es parti depuis des mois. Je n'allais pas attendre indéfiniment ta demande en mariage, si riche sois-tu !

Ares avait su alors que le verdict de son père sur l'amour était juste. En fait, les leçons qu'il avait reçues de ses parents et de la vie à New York étaient identiques : ne pas se rendre vulnérable ; ne se fier à personne ; garder ses sentiments pour soi ou, mieux encore, ne pas en avoir du tout !

Ruby regardait de côté et d'autre, émerveillée comme une enfant. Elle désigna un immeuble niché dans un écrin de verdure.

— Qu'est-ce que c'est ?

— Le Muséum d'histoire naturelle de New York.

— Là où il y a ces squelettes de dinosaures ? s'écria-t-elle d'une voix aiguë. Comme dans *La Nuit au musée* ?

— Oui.

— J'ai adoré ce film. Et regarde ces arbres ! Je croyais qu'il n'y en avait pas à New York !

Sa joie ingénue le réchauffa.

— Tu n'as encore rien vu, dit-il avec un sourire.

Mais il reprit vite son sérieux. Il avait intérêt à rester prudent ! Car, dans un certain sens, Ruby l'amenait à baisser sa garde. À lui faire confiance. Or, chaque fois qu'il avait fait confiance à quelqu'un, il avait été trahi.

Il ne s'attacherait jamais à Ruby, se jura-t-il, farouche. Il la contraindrait à accepter son argent pour elle et son fils, ça oui. Et il avait l'intention de la mettre dans son lit. Mais cela n'irait pas plus loin.

— Tu croyais qu'il n'y avait pas d'arbres à New York ? dit-il alors qu'ils s'engageaient sur une des routes qui traversaient Central Park. Eh bien, regarde !

Ils descendaient une colline, sur une route bordée de murs en pierre que des arbres énormes surplombaient de part et d'autre tels des gratte-ciel végétaux, se détachant de façon spectaculaire sur le bleu du ciel. Les frondaisons émeraude, tachetées de lumière, effleuraient les parois en pierre d'allure médiévale.

— On dirait une forêt, souffla Ruby.

— Il y a aussi des lacs à Central Park. Une immense pelouse avec vingt-six terrains de base-ball…

— Vingt-six !

— Un théâtre à ciel ouvert pour voir du Shakespeare sous les étoiles, dit-il avec un large sourire. Et même un château.

— Tu te moques de moi.

— Non, c'est vrai.

De l'autre côté de Central Park, ils roulèrent dans l'Upper East Side. Le chauffeur se gara enfin devant une vénérable demeure de cinq étages. Georgios s'empressa d'ouvrir la portière à Ruby et de l'aider à descendre.

Ares serra les mâchoires. Il avait confiance en son garde du corps, mais il lui déplaisait qu'un autre homme touche Ruby. Il ne se souvenait pas d'avoir été si possessif. En fait, il ne l'avait *jamais* été !

— Merci, Georgios, dit-il en prenant le relais, repliant la main de Ruby sur son bras.

Elle admira l'élégante demeure en pierre calcaire. Il la mena au sommet du perron, où les attendait sa gouvernante.

— Bon retour chez vous, monsieur.

Grande et mince, presque osseuse, Mme Ford, avec ses cheveux blancs impeccablement coiffés, paraissait sans âge. Dotée de références irréprochables, elle lui avait fait savoir dès le premier entretien qu'elle lui accorderait une faveur en acceptant de travailler pour lui. Sa réserve et sa froideur lui avaient plu, et il l'avait engagée. Cela remontait à huit ans.

— Bonsoir, madame Ford. Ruby, voici ma gouvernante, Margaret Ford.

Enchantée, mademoiselle Prescott. Bienvenue, dit la gouvernante d'un ton neutre.

— Ravie de vous connaître, répondit avec nervosité Ruby.

Tenant Ruby par le bras, Ares entra. Elle ne put réprimer sa surprise à la vue de l'énorme lustre en cristal du vestibule, du large escalier impérial.

— J'aurai du mal à me repérer ! dit-elle avec un rire. Tu ne fournis pas un plan ? J'ai trop peur de m'égarer et de ne jamais retrouver mon chemin !

— Viens, je vais te faire faire le tour du propriétaire.

Ares frémissait d'anticipation. Il avait su que sa demeure l'impressionnerait. Elle faisait cet effet à toutes les femmes. En général, la visite s'achevait dans son lit sans qu'il ait à déployer de grands efforts de séduction. Ce ne serait sans doute pas aussi simple avec Ruby. Mais ce début était prometteur.

Enveloppant Ruby d'un regard sensuel, il la mena dans la salle de bal, la pièce la plus vaste et la plus magnifique.

— Cette maison a été bâtie par un roi de l'acier au début du xxe siècle, dit-il en désignant les lustres en cristal suspendus à six mètres au-dessus d'eux. Ces lustres ont été fabriqués à Vienne en 1902. Cette pièce est la seule à laquelle je n'ai rien changé. Elle est classée, c'est un chef-d'œuvre du style Art nouveau.

Ruby, qui examinait les fresques, fronça les sourcils.

— Cela doit te coûter une fortune pour la chauffer en hiver. On pourrait caser trois maisons, ici. À quoi te sert une salle de bal ?

Un temps dérouté, il finit par répondre :

— Je donne parfois des soirées.

— Des fêtes d'anniversaire ?

— Des galas de charité. Des conventions professionnelles.

— Oh ! fit-elle, esquissant un sourire. Très amusant.

— Mais ça l'est ! mentit-il, contrarié de voir qu'elle n'était pas plus impressionnée que ça. Ce n'est pas fini, dit-il en la menant dans l'immense cuisine luxueuse, dont les fenêtres du fond donnaient sur un jardin potager privé. Mme Ford y cultive des fleurs, des plantes aromatiques et des légumes qu'elle utilise en cuisine.

— Euh, c'est quoi, la suite ? fit-elle après s'être éclairci la gorge.

Dissimulant un sourire, Ares l'entraîna au premier étage, où se trouvaient la bibliothèque, la salle de billard, son bureau et un solarium doté d'une large baie donnant sur le jardin. Ruby parut plus déconcertée qu'admirative.

— Tu n'as pas fini de meubler ?

— Pardon ?

— Les pièces sont si vides !

Ares considéra l'unique causeuse blanche à dossier droit et bords chromés. Et, au-delà des baies coulissantes, la terrasse avec deux fauteuils noirs et un pot noir accueillant des fleurs blanches d'allure spectrale.

— C'est voulu, dit-il avec raideur.

— Ah oui ? lâcha-t-elle, sceptique.

— Un intérieur conçu par le meilleur designer de New York d'après mes indications : épuré, moderne, avec beaucoup d'espace.

— Bref, un désert. Tu as combien de mètres carrés ici ?

— Il y a cinq étages, plus un sous-sol semi-enterré et un toit en terrasse. Dix chambres, douze salles de bains.

— Tout ça rien que pour toi ?

— Mme Ford vit au troisième. Il y a trois autres employés à plein temps, mais ils n'habitent pas ici.

Ruby regarda autour d'elle.

— C'est comme un hôtel, murmura-t-elle. Un hôtel très élégant et quasiment vide.

Il n'avait jamais vu une femme aussi peu enthousiasmée par sa maison, considérée pourtant comme une des demeures d'exception de Park Avenue. Il dit avec humeur :

— Tu n'as pas encore vu le home cinéma et la cave à vin. Il y a une salle de sport, de yoga, un toit-terrasse avec un arboretum et une piscine…

— *S'il te plaît*, l'implora-t-elle, montre-moi juste ma

chambre. Je n'ai qu'une envie, dormir un peu, et peut-être prendre un bain.

Il nota les cernes qui marquaient ses beaux yeux bruns, ses joues pâlies.

— Tu n'as pas bien dormi dans l'avion ?

— Pas vraiment.

— Très bien, dit-il à regret.

Il la mena dans l'ascenseur, jusqu'au cinquième, et, ayant poussé une porte d'un couloir, révéla une immense chambre qui ne contenait qu'un vaste lit à baldaquin.

— C'est ma chambre, dit-il.

Elle recula d'un air indigné.

— Tu ne suggères tout de même pas…

— Certainement pas, coupa-t-il, ajoutant en son for intérieur : pas encore. Je voulais juste que tu saches où me trouver. Tu seras dans la suite voisine.

Il la conduisit un peu plus loin dans le couloir et, après lui avoir décoché un regard nerveux, Ruby entra dans la chambre. Il avait choisi cette suite parce qu'elle était proche de la sienne et que ses hautes fenêtres offraient une jolie vue. Le décor était spartiate : un grand baldaquin recouvert d'un dessus-de-lit blanc ; une lampe en métal toute en angles sur le chevet noir. Un lustre en fer forgé aux lignes dures suspendu au plafond orné de stucs.

Ruby regarda autour d'elle d'un air un peu perdu.

— La salle de bains est ici, dit-il en poussant une porte. Tu peux prendre un bain moussant parfumé si tu en as envie.

Ruby fixa le sol de teinte foncée.

— Qu'est-ce qui ne va pas ? demanda-t-il.

— Je viens de réaliser ce qui me dérange ici.

— Dans ma maison ?

— Oui. Elle n'est pas seulement vide. Elle est glaciale. La salle de bal exceptée, il n'y a pas une note de couleur. Que du noir et blanc.

— Ce sont mes couleurs préférées.

— Ce ne sont pas des couleurs ! Il y a plus de couleur sur moi que dans toute cette maison.

Il la regarda. Elle portait encore le T-shirt vintage orné d'un arc-en-ciel, un short violet vif. Un ruban jaune attachait ses longs cheveux noirs.

Il reporta les yeux sur sa propre tenue. Chemise, pantalon, chaussettes et chaussures noirs. Il était assorti aux lieux.

— Bref, tu détestes ma maison !

— Eh bien… oui, dit-elle avec un sourire d'excuse.

— Aucune importance, assura-t-il, cachant sa déconvenue. Mais tu approuveras peut-être ceci.

Avec curiosité, elle le suivit dans l'énorme dressing, où s'alignaient robes, sacs, chaussures, avec un îlot central réservé à la lingerie et aux accessoires.

— C'est quoi ? lâcha-t-elle, les yeux écarquillés.

Enfin, elle semblait impressionnée par quelque chose !

— Je t'avais promis une nouvelle garde-robe.

— Cet endroit est plus grand que ma chambre et celle d'Ivy réunies, reprit-elle, sidérée.

— Des vêtements de maternité provenant des meilleures boutiques de la ville, annonça-t-il en évoluant dans le dressing. Tu as une dizaine de sacs pour toutes les occasions. Celui-ci est signé Hermès. D'après mon assistante, la princesse Grace de Monaco portait le même pour dissimuler sa grossesse aux photographes, continua-t-il en se tournant vers elle avec un sourire. Alors, je t'en ai pris cin…

Il s'arrêta net. Ruby ne semblait pas ravie par ces attentions extravagantes, comme il l'aurait cru. Elle restait plantée là, apparemment troublée.

— Ça ne te plaît pas ?

— Ces vêtements sont comme ta maison, lâcha-t-elle d'une voix tendue. Pas une couleur. Rien que du noir et blanc.

— Mais non ! s'écria-t-il, piqué. Il y a du gris. Et du beige.

— Du *beige*. *Brrr*, fit-elle avec un véritable frisson. Et tout cela a coûté combien ?

— Comment ça, coûté ?

— Je te parle du prix. De la dépense. Est-ce qu'elle suffirait à acheter mon mobile home ? À envoyer Ivy à l'université pendant un an ? À payer les frais médicaux pour la naissance de notre bébé ? À parer à une catastrophe ? Parce qu'il en arrive toujours une !

Ruby semblait près de fondre en larmes. Ares examina le dressing que son assistante avait arrangé et organisé, y consacrant toute une soirée. Il pensa au mal qu'elle s'était donné, à l'argent dépensé. Il avait cru faire très plaisir à Ruby. Il avait cru qu'il pourrait peut-être même en tirer avantage pour la séduire. Et voilà qu'elle critiquait tout !

Une étrange émotion le submergea, qu'il n'avait pas envie de définir. Une émotion qu'il ne s'était pas autorisé à éprouver depuis très longtemps.

Ruby ne voulait pas qu'il dépense de l'argent pour elle de façon aussi ostentatoire et démonstrative, bien sûr. Lui qui se targuait d'avoir orchestré une séduction imparable ! Il était à côté de la plaque ! Le charme facile qui opérait sur les autres femmes ne marchait pas avec Ruby. Il laissa échapper un rire bas, confus.

— Qu'est-ce qu'il y a de si drôle ?

— Je ferai rapporter tout ça, dit-il en s'approchant pour l'attirer entre ses bras. Et je prendrai des dispositions pour les études universitaires d'Ivy. Quant au reste, combien de fois devrai-je te répéter que tu n'auras plus jamais à te soucier d'argent ?

— Mais…

— Je suis sérieux. Tu m'offenses avec tes inquiétudes. Tu blesses mon honneur. Je pourvoirai à tes besoins, comme promis.

Elle le dévisagea, puis marmonna avec humeur :

— Très bien.

Prenant une profonde inspiration, il adopta un ton plus doux.

— Je t'ai pris rendez-vous dans l'après-midi avec la meilleure obstétricienne de New York.

— Ah ? s'écria-t-elle en écarquillant les yeux.

— Si tu te sens prête. Sinon, je peux le faire décaler. Il faudrait qu'on parte d'ici à 13 h 30.

— Je… Je crois que ça ira.

— Alors, je te laisse prendre du repos. Si tu as faim, ou besoin de quelque chose, tu n'as qu'à appuyer sur ce bouton et Mme Ford te prêtera assistance. Veux-tu te joindre à moi pour déjeuner, à midi ?

— Dans cette immense salle à manger ? fit Ruby en lui adressant un demi-sourire.

Il le lui rendit en disant :

— Essaye. Ça pourrait te plaire.

Ruby le regarda, en se mordillant sans s'en rendre compte la lèvre inférieure. Il y avait trop longtemps qu'il la désirait. En la voyant si proche, chez lui, dans sa chambre, il la désirait si violemment qu'il tremblait. Le lit n'était qu'à quelques pas.

— Entendu pour le déjeuner, murmura-t-elle.

Il dut faire appel à toute sa volonté pour quitter la pièce. Un instant, il demeura dans le couloir, fixant la porte close. Puis il se força à partir. Il espéra que Ruby apprécierait son bain moussant. Pour sa part, il se réservait une douche froide.

Il était plus de midi lorsque Ruby traversa en hâte le vestibule. Elle était en retard.

N'ayant pas de quoi se changer, elle s'était résolue à prendre dans le dressing des sous-vêtements en dentelle et une courte robe noire. Mais, au premier coup d'œil dans le miroir, elle avait jugé que l'élégante toilette lui donnait un teint cendreux et que sa coupe la faisait paraître empâtée et non pas enceinte. Ses sandales neuves la serraient un peu, et elle n'avait pas osé toucher aux sacs Hermès. Elle avait gardé son cabas en toile.

Affolée, elle chercha la salle à manger.

— Ruby…

Elle se retourna et vit Ares, installé à l'immense table. Elle le rejoignit avec soulagement. Ares posa son journal en souriant — un sourire qui se figea lorsqu'il vit la robe. Il se ressaisit très vite.

— J'espère que tu as bien dormi ?

— Oui, merci.

Il lui indiqua une desserte.

— Je ne savais pas de quoi tu aurais envie, alors j'ai commandé à Mme Ford un méli-mélo. Tu es contente ?

Le visage de Ruby s'illumina à la vue des mets disposés sur le buffet : œufs, bacon, gaufres, fruits, pommes sautées et poulet rôti, légumes au beurre et aux herbes, pain maison frais, pâtes crémeuses *alla carbonara*.

— Le rêve ! s'écria-t-elle en saisissant une assiette.

Ruby se servit un peu de tout : il y eut bientôt un petit monticule sur l'élégante assiette en porcelaine. Se versant un jus d'orange pressée, elle emporta le tout à table puis se laissa tomber sur le siège proche d'Ares.

— Mme Ford cuisine si bien !

Ares sourit, avant de savourer pour sa part un café et des œufs au bacon. Il reporta les yeux sur l'imposante table en chêne, comme s'il était tenté d'envoyer valser assiettes, argenterie et vase de fleurs pour y renverser Ruby et explorer son corps superbe…

Elle se leva brusquement.

— On va être en retard chez le médecin.

— Tu as raison, dit-il en l'imitant. Je vais demander à Horace d'avancer la voiture.

Posant une main au creux de son dos, il la mena en douceur hors de la salle à manger. Ruby s'écarta doucement, et s'efforça de se comporter comme si ce contact ne lui avait pas fait l'effet d'une brûlure.

7.

— Le bébé est en parfaite santé, la grossesse se déroule bien, dit l'obstétricienne avec un sourire, en faisant glisser la sonde échographique sur le ventre de Ruby. Vous voulez savoir si c'est un garçon ou une fille ?

Sur la table d'examen de la clinique ultra-moderne, Ruby s'exclama : « Oui ! » à l'instant où Ares laissait tomber d'une voix ferme : « Non. »

Ares ne se sentait pas très bien. Il n'aurait jamais supposé que cette visite médicale serait si difficile. Il était tendu, et il n'était pourtant pas le patient ! Il avait seulement accompagné Ruby et eu confirmation de la grossesse. Il ne voulait pas savoir si le bébé était un garçon ou une fille. C'était déjà dur d'avoir dû entendre les battements de son cœur. Si rapides, si *réels*. Il n'avait pas envie que cet enfant prenne encore plus de réalité à ses yeux.

Mais il ne pouvait guère avouer cela à Ruby. Ni même s'expliquer pourquoi tout cela le perturbait autant.

— Je veux savoir si c'est une fille ou un garçon, dit Ruby.

— Je… préférerais avoir la surprise.

— Et si le Dr Green ne le disait qu'à moi ? Je garderai le secret, je te le promets !

Il y avait tant d'espoir en Ruby. Ares jeta un coup d'œil au médecin, espérant qu'elle faciliterait les choses. Le Dr Green, fine mouche, se contenta de sourire.

— Je vous laisse en discuter.

Ares n'avait aucune envie d'une discussion en tête à tête !

— Soit, fit-il soudain à l'adresse de Ruby. À ta guise.

Le beau visage de Ruby s'illumina.

— C'est sûr ?

Il faudrait bien être fixé un jour, non ? pensa Ares.

— Très bien, dit le Dr Green, désignant des lignes et des formes sur l'écran. Félicitations ! Vous attendez une fille !

« Une fille ». À ces mots, malgré lui, Ares imagina une petite enfant avec les grands yeux bruns de Ruby et son cœur généreux. Si jeune, si fragile. Il faudrait qu'il la protège. Il lui apprendrait à être forte. À lutter. Et, surtout, à diriger. Puisqu'un jour elle dirigerait son entreprise et…

Il jugula ses pensées. Il se croyait capable d'éduquer un enfant ? D'avoir le tempérament et l'expérience nécessaires pour être un bon père ? *C'est la meilleure !* pensa-t-il, cruel envers lui-même.

Quand le médecin se fut retiré et que Ruby eut commencé à se rhabiller, il quitta la salle d'examen comme s'il avait le diable à ses trousses et, une fois hors de la clinique, inspira à pleins poumons. Il avait le vertige, son cœur battait à grands coups.

Ares avait cru que la visite médicale lui permettrait de se sentir plus maître de l'avenir. Il était habitué à se charger de tous et de tout, accoutumé à donner des ordres et à ce que son entourage, employé ou pas, lui obéisse. Mais, sur cela, il n'avait pas de prise.

Lorsque le bébé serait né, Ruby retournerait avec lui à Star Valley. Il ne les verrait que rarement. Il ne transmettrait rien à sa fille. Elle grandirait en considérant son père comme une figure lointaine qui payait les factures. Ruby s'éprendrait d'un autre homme et l'épouserait. C'était cet inconnu à venir qui serait le véritable père de sa fille. Et le mari de Ruby.

Cette pensée le rendait malade. Mais il ne pouvait rien changer à tout cela. Il n'avait pas l'étoffe d'un mari, ni d'un père. Ces rôles impliquaient des qualités qu'il ne possédait pas, telles que la capacité d'aimer et de placer avant les siens les besoins de sa femme et de son enfant.

C'est pour le mieux. Oublie ça. Cela n'a pas d'importance.

Ruby le rattrapa alors qu'il hélait Horace, qui gara la Rolls-Royce au bord du trottoir.

— Il y a le feu quelque part ? s'enquit-elle, blessée. Pourquoi as-tu détalé ? J'ai dû attendre pour une ordonnance de vitamines prénatales et prendre mon prochain rendez-vous. Je ne savais pas quand tu serais libre, alors je…

— La prochaine fois, tu iras seule, coupa Ares en ouvrant la portière arrière. Monte.

— Tu ne veux pas venir aux rendez-vous avec le médecin ?

— J'ai une entreprise à diriger.

Ares monta en voiture près d'elle et donna à Horace l'adresse d'un designer de la Cinquième Avenue. Puis il se tourna vers Ruby avec un sourire contraint.

— Je t'emmène faire du shopping. Puisque les nouveaux vêtements te déplaisent, tu en auras d'autres. Il te faut aussi une robe du soir et des bijoux. Un collier en diamants, peut-être ? Un diadème de princesse ?

Comme il le craignait, Ruby revint au sujet qui la préoccupait.

— Pourquoi te conduis-tu d'une manière si bizarre ? lui demanda-t-elle alors que la Rolls s'engageait dans le trafic.

— Je ne suis pas bizarre !

— Qu'est-ce qui ne va pas ? Tu es déçu que ce soit une fille ?

— Ne sois pas ridicule !

— Alors, qu'est-ce qu'il y a ?

Ares se tourna vers Ruby.

— Je veux que le bébé porte mon nom. Même si on n'est pas mariés. Tu es d'accord ?

— Pourquoi ? fit-elle, interloquée.

— Est-il surprenant qu'un enfant porte le nom de son père ?

— Non. Mais ce sera compliqué pour les formalités car la petite aura un nom différent du mien. Nous aimions bien porter toutes les deux le nom de notre mère, Ivy et moi. Comme ça, tout le monde savait qu'on était de la même famille.

— Je n'ai pas de famille, dit avec lenteur Ares. Je suis le dernier Kourakis.

Il y eut un silence alors qu'ils roulaient dans la Cinquième Avenue. Ruby concéda avec un sourire encourageant :

— Elle peut porter ton nom, bien sûr. Il y a des tas de fratries avec des patronymes différents, non ? Et ça fonctionne.

— Merci, dit-il à voix basse.

— Que de monde ! soupira soudain Ruby, regardant à travers la vitre. J'aimerais bien être touriste. Voir la statue de la Liberté, Times Square…

— Tu plaisantes ?

— Pas du tout. Tu es peut-être blasé par New York, mais moi je viens d'arriver. Et je rentrerai tôt ou tard à Star Valley. Je n'aurai pas forcément l'occasion de revenir.

— La foule de Times Square dans la canicule du mois d'août est ma définition de l'enfer, maugréa Ares.

— On peut attendre qu'il fasse meilleur. Le bébé ne naîtra pas avant Noël…

— Pendant la période de Noël, c'est pire. Ça commence par la parade de Thanksgiving et ça n'en finit plus. Des pères Noël à tous les coins de rue, quémandant des dons…

Un sourire effleura les lèvres de Ruby.

— On peut faire ça en octobre, alors.

Ares garda le silence. Elle le fixa, jusqu'à ce qu'il lâche :

— Quoi ?

— Rien. J'attends seulement de savoir ce que tu détestes en octobre à New York.

Elle riait de lui, réalisa-t-il. Plus il tentait de réprimer son irritation, plus elle transparaissait. Et, au lieu de le fustiger, Ruby semblait vouloir comprendre la raison de sa mauvaise humeur !

S'éclaircissant la gorge, il changea de sujet.

— Tu n'as pas demandé pourquoi il te faut une robe de soirée.

— Pourquoi ai-je besoin d'une robe de soirée ? s'enquit-elle avec un sourire en coin. Pour inaugurer ta salle de bal grandiose ?

Ares secoua la tête.

— Nous assistons à un dîner de charité demain soir. C'est un événement mondain important. Mon ex-petite amie m'a presque acculé à venir. Elle doit avoir peur qu'un gala estival n'attire pas de gros donneurs.

— Tu veux que j'assiste à un événement mondain ? s'écria Ruby, horrifiée. Et c'est ton ex qui l'organise ?

— C'est un problème ? lâcha-t-il d'un ton incrédule.

— Oui !

— Je t'accorde que ce genre de manifestation est parfois rasoir…

— Ce n'est pas le qualificatif que j'avais à l'esprit !

— … Mais j'ai pensé que, si je t'offrais une robe du soir et des bijoux fabuleux, ça compenserait.

— Tu essayes de me soudoyer ?

— Si tu tiens à voir ça comme ça…

— Je n'ai pas besoin d'une robe de soirée ! Ni de bijoux !

— Tu refuses des bijoux ? fit Ares, sidéré.

— Ça me gênerait de porter des pierres précieuses alors que les imitations sont tout aussi jolies. Et il y a tant de gens dans le besoin…

— C'est un bal de charité. Toute la recette ira à des enfants défavorisés. Tu ne vas quand même pas les lâcher ?

— Non, dit Ruby. Mais je n'ai que faire d'une robe

de luxe. Je t'en prie, donne à l'organisme de charité ce qu'elle aurait coûté.

Ares se sentit quelque peu déboussolé.

— Mais que mettras-tu ? Tu ne vas pas sortir toute nue !

— Désolée, mais je ne pourrai pas t'accompagner, dit Ruby d'un air de regret dont il ne fut pas dupe. Au moins, j'aurai aidé les enfants avec l'argent de la robe. Cela revient au même, non ?

Ares n'avait pas du tout l'intention de se rendre seul au gala ! Aucune femme, même Ruby, ne pouvait résister au charme glamour et romantique de cette soirée.

— J'ai une meilleure idée, dit-il.

Vingt minutes plus tard, la Rolls s'engageait dans une petite rue du Meatpacking District, l'ancien quartier des abattoirs devenu un haut lieu des créateurs de mode, non loin de la High Line, le parc suspendu de Manhattan.

— Où va-t-on ? demanda Ruby.

— C'est une surprise.

— Je n'aime pas les surprises, maugréa-t-elle.

— Attends un peu pour juger, dit Ares, malicieux.

La voiture s'arrêta, et Horace descendit pour leur ouvrir la portière. Ils se trouvaient devant un immense entrepôt aux murs couverts de réclames anciennes dont la peinture s'écaillait.

Ares espéra qu'il avait misé juste. Il prit Ruby par la main et lui fit franchir la porte. Le vaste espace étincelant de lumières et de couleurs était envahi de vêtements vintage. Une musique funky résonnait dans les haut-parleurs.

— Bienvenue, leur dit une quadra souriante, aux cheveux fuchsia, dont les yeux s'écarquillèrent. Excusez-moi mais… êtes-vous bien Ares Kourakis ?

— En personne, dit Ares. Et c'est bien la meilleure boutique vintage de Manhattan ?

— Oui ! s'exclama la femme, qui faillit lâcher le plateau de cupcakes qu'elle tenait. Du moins, je crois.

— À en juger par votre réputation, c'est le cas. D'où notre présence, continua Ares. Mon… amie a besoin d'une robe de bal. De toute une garde-robe, en fait.

— Je suis à son service. Mais puis-je d'abord vous proposer un cupcake ? déclara l'hôtesse, tendant son plateau à Ruby, qui accepta son offre.

— Je n'ai jamais vu un endroit pareil, souffla-t-elle.

Leur hôtesse répondit avec un sourire :

— Nous ne pouvons pas rivaliser avec les sites de vente en ligne côté prix. En revanche, nous proposons à nos clients une aventure inédite !

Ruby avait eu si peur de venir à New York. Mais son premier jour dans la Grande Pomme était déjà l'un des meilleurs de sa vie ! Elle avait entendu battre le cœur de son bébé, et appris qu'elle attendait une petite fille ! Elle ne comprenait toujours pas l'étrange réaction d'Ares après l'échographie. Cela l'avait blessée. Puis il avait désiré donner son nom au bébé, et elle avait trouvé ça adorable. Il n'avait peut-être pas su exprimer son émotion…

Elle était enchantée qu'il l'ait emmenée dans une boutique vintage. C'était fou ce qu'il y avait ici ! Des tenues de tous styles, toutes tailles et couleurs. Et des clients aux looks incroyables. Elle sourit à des enfants vêtus de robes des années 1980 et de salopettes à rayures ; à une vieille dame en tailleur Chanel poussant un déambulateur orné de strass. Ces gens étaient comme ceux qu'elle aimait dans son Star Valley natal.

Elle s'attarda avec plaisir dans les rayons, choisissant des robes de maternité et des vêtements pour le bébé. Le coût de sa nouvelle garde-robe se monta à moins de trois cents dollars, robe de soirée comprise.

Ares déclara à Wanda qu'elle ne ferait jamais de bénéfices, à ce compte-là ! Et qu'il n'avait nul besoin d'une remise ! Elle jura qu'elle appliquait le prix normal, mais il resta mal à l'aise. Ruby le vit glisser en catimini un billet de cent dollars dans l'antique bocal qui indiquait :

Dons pour les cupcakes.

En voiture, Ruby s'affala avec un soupir de satisfaction. Elle regarda Ares, assis près d'elle, et lui prit la main.

— Merci, murmura-t-elle.

Il considéra ses jolis doigts repliés sur les siens et, lentement, leva les yeux. Une sorte d'onde électrique parut circuler entre eux. Délibérément, Ares inclina la tête. Au dernier moment, elle se détourna pour éviter le baiser.

— Je ne peux pas, souffla-t-elle d'une petite voix.

— Pourquoi ?

Elle regarda à contrecœur Horace, qui venait de se mettre au volant.

— Parce que nous ne sommes pas seuls ? dit Ares.

— J'ai des œillères, mademoiselle ! lança Horace.

Ruby eut un rire étranglé, puis dit avec douceur :

— Ce n'est pas seulement ça, je…

— Parle, murmura Ares.

— Je suis la mère de ton bébé, dit-elle avec hésitation en croisant son regard et en se remémorant leurs baisers. Et je serai peut-être un jour… ton amie. Mais ça ne peut pas aller plus loin.

— Tu penses que je te ferai du mal ?

Elle baissa les paupières, refusant de répondre.

Ils roulèrent en silence. C'était l'heure d'affluence et le trafic était lent. Se penchant, Ares indiqua à Horace :

— Chez Pierre.

Trente minutes plus tard, ils entraient dans un élégant restaurant français de style rustique, aux murs lambrissés. Dès que le maître d'hôtel aperçut Ares, il lui fit des courbettes, s'adressant à lui en français. Ares répondit de même avec aisance. Ils furent vite installés à l'une des meilleures tables, joliment éclairée aux bougies.

Lorsqu'ils furent seuls, Ruby s'exclama :

— Tu parles français !

— Ma mère a longtemps vécu à Paris. Et on m'a envoyé en pension en Suisse quand j'avais huit ans.

— Tes parents t'ont fait quitter la maison si jeune ?

— C'était une bénédiction, dit Ares, qui savourait son vin rouge. J'étais content d'être loin d'eux. Et j'ai fréquenté les meilleures écoles, en Suisse et aux États-Unis. Mon enfance m'a préparé à la vie. Mes parents, quelles que soient leurs erreurs, m'ont du moins appris à lutter sans remords ni pitié.

Ruby le dévisagea d'un air secoué.

— C'est horrible de transmettre une chose pareille à son enfant !

— Mais précieux. Cela m'a préparé à affronter le monde réel, dit Ares, dont la main vint recouvrir celle de Ruby, par-dessus la table. Dans le monde réel, on perd ou on gagne. En famille, c'est encore plus vrai.

Troublée, Ruby retira sa main.

— Tout ça est vraiment tordu.

— Tu crois ? Tu t'es toujours occupée de ta sœur et, pourtant, elle s'est coupée de toi.

— Elle ne s'est pas réellement coupée de moi…

— Tu as essayé de la contacter depuis notre départ de Star Valley, j'imagine ?

— Oui.

— A-t-elle répondu ?

D'un geste machinal qu'elle avait accompli des dizaines de fois en deux jours, Ruby consulta son mobile.

— Non, avoua-t-elle.

— Elle le fera bientôt, dit Ares.

— Qu'en sais-tu ?

— J'ai chargé mon assistante de prendre des dispositions pour payer les études d'Ivy et lui verser une pension mensuelle si elle entre à l'université.

Ruby eut le cœur serré. Le seul nom d'Ivy lui donnait le mal du pays et la rendait triste.

— Et tu crois qu'elle me pardonnera grâce à ça ?

— Absolument, répondit Ares avec un sourire cynique.

— On ne peut pas tout acheter, murmura-t-elle, songeant à sa propre peur de devenir tôt ou tard la propriété d'Ares.

— Je rejette ce que l'argent est impuissant à régler, dit-il.

— Parce que tu fuis les complications.

— Exact.

— C'est pour ça que je ne peux pas te permettre de m'embrasser, murmura-t-elle. Parce que j'ai peur que tu me brises le cœur.

Pendant un instant, Ares la dévisagea, visiblement choqué. Puis il dit à voix basse :

— Alors, laisse ton cœur en dehors de ça. Qu'est-ce que l'amour a à voir avec le sexe ?

Ce fut au tour de Ruby d'être secouée.

— Tout, dit-elle.

— Cette conviction te privera de beaucoup de plaisir et te vaudra beaucoup de souffrances, déclara-t-il, reportant son attention sur le menu. Que désires-tu manger ?

Deux heures plus tard, alors qu'ils remontaient dans la Rolls, Ruby accueillit leur chauffeur avec un sourire, et lui remit un sac brun siglé Pierre.

— Qu'est-ce que c'est ? s'enquit Horace d'un air surpris.

— Vous nous avez transportés un peu partout pendant toute la journée, dit-elle. J'ai pensé que vous auriez faim. Je vous ai pris un croque-monsieur.

— C'est ce qui a séduit Ruby, ironisa Ares. Elle a préféré ça à la blanquette de veau. Et au pâté de foie de lapin.

— Je ne vais sûrement pas manger le foie d'un pauvre petit lapin ! Mais vous verrez, ceci va vous plaire, dit-elle au chauffeur. Ça doit être encore chaud.

— Merci, mademoiselle Prescott, dit Horace.

— Il faut m'appeler Ruby.

— Ruby, dit en souriant le chauffeur.

Cela contenta Ruby, alors qu'ils roulaient vers l'Upper East Side. Mais d'autres choses ne la satisfaisaient guère. Elle n'aurait pas dû dire à Ares pourquoi elle refusait qu'il l'embrasse. Ensuite, leur conversation avait été embarrassée. Elle avait tenté d'y remédier en suggérant des prénoms pour leur fille, ce qui avait plombé davantage encore l'atmosphère.

Et mis Ruby au désespoir. Quand Ares avait tenu à donner son nom au bébé, elle avait espéré qu'il reverrait sa position sur la paternité. Mais, maintenant, il ne voulait même pas mentionner leur fille. S'y intéressait-il donc si peu ?

Ne supportant plus le silence, elle se tourna vers Ares.

— Je peux te demander quelque chose ?

— Si tu as une question à poser, fais-le, c'est tout.

— Pourquoi détestes-tu tellement tes parents ?

Il serra les mâchoires, détourna le regard.

— Je ne les déteste pas.

— Tu as dit que tu as été plus heureux après leur mort.

— C'est compliqué.

— Les complications, ce n'est pas ton genre.

— C'est à cause d'eux, dit Ares d'un air dur. Ils se haïssaient et m'entraînaient dans leurs disputes. Ma mère ne voulait pas épouser mon père. Ses parents l'y ont forcée alors qu'elle était amoureuse d'un autre.

— Comment ont-ils pu faire une chose pareille ?

Il haussa les épaules.

— Dans la haute société, c'est monnaie courante. Alors, quand mon père était infidèle, et ça arrivait souvent, ma mère lui laissait entendre que je n'étais pas son fils. Comme j'étais le portrait craché de mon père, il la traitait de sale menteuse. Elle a attendu qu'il meure pour m'avouer que j'étais réellement son fils. Elle le détestait tant qu'elle voulait le faire souffrir.

— Seigneur..., souffla Ruby.

Ares eut une grimace sardonique.

— Moi aussi, elle me détestait. Je la rendais prisonnière d'un mariage honni, avec un homme qu'elle méprisait. Qui l'humiliait par plaisir.

Ruby en eut le cœur serré. Elle n'arrivait pas à concevoir qu'on puisse grandir ainsi. Son père l'avait abandonnée, sa famille avait vécu dans la pauvreté. Mais elle n'avait jamais douté de l'amour farouche que Bonnie leur portait, à elle et à Ivy.

— C'est navrant..., murmura-t-elle.

— Elle est morte un an après en faisant de l'héliski avec son dernier amant en date, dit Ares, glacial. Je n'ai ressenti que du soulagement. Pour eux, je n'avais été qu'un instrument. Et un fardeau. Surtout pas un fils.

— Oh ! Ares ! souffla Ruby, peinée et bouleversée.

Il la regarda d'un air farouche.

— Notre fille aura une enfance différente. Nous ferons passer ses besoins avant nos désirs égoïstes. Nous ne nous ferons pas la guerre.

— Bien sûr que non.

— Parce que tu l'élèveras sans moi.

Ares avait déjà tenu ces propos. Mais, en l'entendant les répéter après avoir entendu battre le cœur de leur bébé, Ruby eut un véritable choc.

— Ce n'est pas parce que tes parents étaient comme ça, commença-t-elle, que...

— Je connais mes limites, coupa Ares.

— Mais tu n'as jamais eu d'enfant ! Comment peux-tu savoir que tu ne ferais pas un bon père ?

— Je le sais, c'est tout.

Ruby sentit son cœur se serrer. Son bébé avait besoin d'un vrai père !

— Essaye, dit-elle en tentant de sourire. Ça te plaira peut-être.

Ares la dévisagea tandis que la voiture s'arrêtait, que Horace leur ouvrait la portière puis sortait les paquets du coffre. Ruby alla l'aider en dépit de ses protestations. Alors qu'elle se dirigeait vers la maison, lestée de paquets, elle vit qu'Ares restait dans la voiture.

— Tu ne rentres pas ?

— Vas-y, dit-il. Je dois passer au bureau.

— Mais… il est 22 heures !

— Oui. Et je ne suis resté que trop longtemps absent. L'entreprise ne se dirige pas toute seule !

Remettant à Ruby l'autre partie des paquets, le chauffeur lui adressa un regard de sympathie.

— Pressez la sonnette, Mme Ford vous ouvrira.

La gouvernante ouvrit un instant plus tard. Ruby se retourna et vit disparaître la Rolls Royce.

8.

C'était une erreur. Une catastrophe. Ares s'en rendait compte, maintenant. Il n'aurait jamais dû amener Ruby à New York et l'installer chez lui. Il n'aurait jamais dû l'accompagner chez le médecin, ni l'accompagner dans cette boutique vintage.

Il n'aurait pas été obligé, alors, de voir s'éclairer de joie son beau visage. Son regard ne lui aurait pas percé le cœur lorsqu'ils avaient écouté battre celui de leur bébé. Il n'aurait pas livré ses souvenirs sur ses parents, ni entendu trembler la voix de Ruby lorsqu'elle lui avait dit : « Comment peux-tu savoir que tu ne ferais pas un bon père ? » Et : « Essaye. Ça te plaira peut-être. »

Attablé dans la salle à manger, il savoura quelques gorgées de café, abandonna son journal et regarda d'un air sombre par la fenêtre.

Il s'était attardé au bureau jusqu'après minuit, la veille, s'entretenant avec des avocats, et était rentré une fois sûr que Ruby dormait.

Des mois durant, il avait eu envie de sentir le corps nu de Ruby contre le sien. Maintenant, si près du but, il avait peur.

Ruby était *dangereuse*. Elle avait l'art de contourner ses défenses. De lui faire ressentir des choses qu'il n'aurait pas dû ressentir. De lui faire vouloir des choses qu'il n'aurait pas dû vouloir. Elle lui faisait presque souhaiter être un autre homme. Mais il ne pouvait pas changer ce qu'il était.

L'amour était une arme. Et il n'était pas question que ça le détruise une nouvelle fois.

Non, jamais il n'aurait dû amener Ruby. Il allait la renvoyer chez elle. Ses avocats préparaient les documents nécessaires pour cela. Demain, Ruby serait en route pour Star Valley, où elle élèverait leur fille — et deviendrait une riche résidente de la station d'hiver.

Aujourd'hui c'était leur dernier jour, et ce soir leur dernière nuit, pensa-t-il. Il courtiserait Ruby, la séduirait et se repaîtrait d'elle. Car demain elle serait hors d'atteinte.

C'est mieux comme ça, pensa-t-il avec dureté. Mieux pour elle. Mieux pour moi.

— Bonjour, dit Ruby avec un sourire timide.

— J'espère que tu as bien dormi.

Ruby portait une robe rouge des années 1950 avec des nœuds aux épaules, et une jupe aguicheuse drapait son ventre arrondi. Ses cheveux noirs tombaient sur ses épaules, sa bouche était d'un rouge écarlate et ses yeux étrangement brillants.

— Je pensais que tu serais déjà au bureau, dit-elle.

— J'ai pris un jour de congé.

Elle regarda sa chemise et son pantalon noirs impeccables, et lança avec humour :

— Ce sont tes vêtements décontractés ? Tu ne possèdes pas de short ? On annonce une journée torride, tu sais.

— Les shorts, ce n'est pas mon truc, dit-il, la dévorant des yeux. Tu es belle.

Elle rougit sous son regard et s'empressa de se tourner vers la desserte.

— Merci. Oh ! Mme Ford s'est encore surpassée.

Tandis qu'elle empilait sur son assiette des gaufres, des fruits et des œufs brouillés, Ares contempla ses longues jambes, ses épaules nues, ses seins généreux et le léger renflement de son ventre sous la robe rouge.

— Je t'emmène visiter New York, dit-il.

Elle le considéra avec surprise.

— Mais… tu as dit que, New York en août, c'était l'enfer !

Le véritable enfer, c'est qu'il la désirait follement depuis presque neuf mois et qu'il n'avait pas pu toucher d'autre femme !

— J'ai changé d'avis.

— Vraiment ?

— Que désires-tu voir en premier ? La statue de la Liberté ? Times Square ?

— Oh ! oui ! Et le musée des dinosaures ! déclara-t-elle en frappant dans ses mains avec une joie enfantine. Je veux manger un hot-dog à un stand de rue. Et des *cannoli* à Little Italy. C'est quoi, des *cannoli*, au fait ?

— Un dessert.

— C'est bon ?

— Tu verras bien, dit-il d'une voix rauque.

Il déposa sur son assiette des toasts, des œufs au bacon, et vint s'asseoir près d'elle. Levant les yeux avec nervosité, elle lorgna le bout de la table, où il avait abandonné son journal.

— Je croyais que tu étais installé là-bas.

— Oui. Mais maintenant je suis assis avec toi.

Dès qu'elle eut fini, il demanda d'une voix basse :

— Es-tu prête ?

— Oui, assura-t-elle en se levant en hâte. Je n'avais rien projeté, aujourd'hui, à part réorganiser le dressing. Et donner un coup de main à Mme Ford. Même si elle m'a déjà dit qu'elle n'a nul besoin de mon aide. Hier après ton départ, je me sentais un peu seule, alors je suis allée voir si je pouvais l'aider. Elle m'a répondu que les femmes enceintes ont besoin de tranquillité et de repos, et que je devais m'allonger. Mais on a fini par prendre le thé.

— Le thé ? Avec Mme Ford ? lâcha Ares, ébahi.

— Mais oui. Elle m'intimidait au début, mais plus maintenant. Elle est sympa.

« Sympa » ? Jamais Ares n'aurait appliqué ce qualificatif à sa rigide gouvernante. Mal à l'aise, il se demanda combien de temps il faudrait pour que Ruby le perce à jour, lui aussi. C'était justement pour ça qu'il la renvoyait chez elle. Parce qu'elle menaçait sa tranquillité d'esprit.

— Elle va m'apprendre à jouer à la belote, continua Ruby avec un large sourire. Apparemment, c'est une joueuse redoutable. Elle fait partie d'un club.

Mme Ford jouait à la belote ? Il l'ignorait. Mais la leçon n'aurait pas lieu. Puisque demain Ruby serait partie. Il sentit sa gorge se nouer à cette pensée, et la refoula.

— Prête ? dit-il en se forçant à sourire.

Après une hésitation, elle glissa le bras sous le sien, en prenant soin de garder le plus possible ses distances.

— Oui. Si tu l'es.

Il la contempla, dévoré de désir. Demain et ses problèmes pouvaient attendre. Pour l'heure, il l'avait toute à lui pour la journée. Et la nuit. S'il était prêt ? Oh oui !

Ils commencèrent leur périple en hélicoptère. Ruby regarda avec ébahissement autour d'elle tandis qu'Ares la menait sur le tarmac où attendait un Sikorsky S-76 siglé Kourakis Enterprises.

— Tu mets ton nom sur tout ce que tu possèdes, hein ? lança-t-elle en souriant jusqu'aux oreilles.

— Sur ce à quoi je tiens, répondit-il.

Et une étrange expression passa sur son visage.

Alors que le grondement du moteur s'élevait, Ruby se boucha les oreilles. À dix pas de l'appareil, elle s'arrêta net.

— Qu'est-ce qu'il y a ?

— Je… J'ai peur, avoua-t-elle. C'est idiot, je sais, mais…

La prenant par les épaules, Ares l'attira à lui. Elle

se retrouva enlacée, lâcha un léger soupir et, les lèvres entrouvertes, leva les yeux vers lui. Alors, il posa sa bouche sur la sienne.

Il lui donna un baiser ardent. Et le désir contenu qu'elle avait tenté de nier se libéra soudain comme si un brasier l'enveloppait de ses flammes. Ses genoux se dérobèrent alors qu'elle s'abandonnait au vertige. Une faim de lui la dévorait, exigeant d'être assouvie…

Enfin, Ares s'écarta, dardant son regard sur elle. Étourdie, Ruby cilla.

— Allons, viens, lui dit Ares, main tendue.

Elle la prit et le suivit. L'intérieur de l'hélicoptère était luxueux : sièges en cuir, écran plat de télévision, minibar. Ares sourit et lui remit un casque en disant :

— Je savais bien que tu n'avais pas peur.

Elle déglutit avec difficulté. En effet, l'hélicoptère était son dernier sujet d'inquiétude en cet instant ! Ils décollèrent, et elle découvrit les merveilles de Manhattan, du sud au nord. Ils virent le Brooklyn Bridge et la statue de la Liberté, le World Trade Center, l'Empire State Building, le Rockefeller Center et le Chrysler Building avec sa flèche Art déco caractéristique. Elle constata que tout ce qu'Ares lui avait dit de Central Park était vrai, même au sujet du château.

— À quoi sert-il ? demanda-t-elle.

— À rien, il est là pour sa beauté, lui dit-il avec un grand sourire. Mais il est moins beau que toi.

Ruby détourna les yeux. Elle frémissait encore du baiser qu'il lui avait donné. Elle ne le lui aurait pas accordé s'il avait demandé la permission, mais il s'était imposé. Et à présent elle était toute tremblante. Ses lèvres étaient comme meurtries, les pointes de ses seins tendues sous sa robe rouge. Elle aspirait à beaucoup plus que ce qu'il lui avait accordé, et c'était *ce qu'il y avait de pire…*

Elle prit soin de garder ses distances alors qu'ils dépassaient Central Park, volaient au-dessus de Harlem et du Bronx, et même du Yankee Stadium, car il n'y avait pas de match de base-ball ce jour-là.

— Alors, qu'en dis-tu ? demanda Ares lorsqu'ils furent de retour sur le tarmac. New York en une heure pour les touristes pressés…

Ruby tenta de dominer son vertige.

— Pourquoi serais-je une touriste pressée ? J'ai plusieurs mois pour explorer la ville, non ?

— Nous avons un programme chargé, aujourd'hui, dit Ares, dont le sourire s'effaça.

Conduits par Horace, ils grimpèrent au sommet de l'Empire State Building, traversèrent Times Square, où se mêlaient des touristes et d'étranges personnages costumés qui tentaient de prendre une photo des passants en échange de quelques dollars.

Il régnait une chaleur moite, et Ruby était en nage. Mais ce n'était pas seulement à cause du soleil. C'était la présence d'Ares, son regard caressant, le contact de sa main au creux de ses reins, le souvenir de son baiser, la conscience brûlante d'attendre un enfant de lui qui la mettaient en émoi. Jamais elle n'avait été consumée par un feu aussi ardent.

Tandis qu'il lui parlait, l'écoutait, riait avec elle, Ruby était de plus en plus tendue. Pourquoi fallait-il qu'Ares soit aussi charmant ? C'était déloyal ! Car cet homme drôle et romantique était un leurre. Et pourtant il lui donnait envie de croire qu'il était bien réel.

Lorsque Ares se comportait ainsi, il la faisait rêver malgré elle. Elle se demandait ce que ce serait de l'aimer. Et d'en être aimée. De former une famille avec lui et leur fille.

Comme l'après-midi touchait à sa fin, il lui dit qu'il était l'heure de rentrer se préparer pour le gala.

— Oh ! s'il te plaît ! On a encore le temps d'aller au Muséum ! s'écria-t-elle.

— On ne peut pas te résister, lui dit-il d'une voix grave, posant le bras derrière elle sur le dossier du siège.

Un frisson la prit à l'idée qu'il pourrait l'attirer entre ses bras et l'embrasser éperdument. Elle tressaillit quand il annonça à Horace :

— Le Muséum d'histoire naturelle pour Ruby.

— Bien, monsieur, dit le chauffeur avec un grand sourire.

Ils furent introduits au Muséum par une entrée privée, car Ares faisait partie des donateurs importants. Main dans la main, ils firent une visite rapide sous la houlette d'un guide. Et, tout en s'extasiant devant les os de dinosaures, Ruby n'avait que trop conscience du regard d'Ares posé sur elle.

Alors qu'ils allaient sortir, elle demanda la permission d'acheter un ours en peluche.

— Achète toute la boutique, si tu veux, approuva Ares, ravi.

— Oh ! ce n'est pas pour moi, c'est pour notre petite fille.

Il cessa de sourire.

— Comme tu voudras.

Et, s'il paya le jouet, il ne voulut même pas voir de quoi il avait l'air. Toute la joie de Ruby s'était évanouie. On aurait dit qu'il s'efforçait de faire comme si le bébé n'existait pas. Pourtant, c'était à cause de cela qu'il l'avait amenée à New York. Pour veiller sur elle pendant sa grossesse.

Pendant le retour, Ruby eut envie de rompre le silence pour en discuter, mais elle ne savait pas comment s'y prendre. Il paraissait si distant ! Une fois à la maison, il grimpa l'escalier et lui demanda d'un ton rude d'être prête dans une demi-heure.

Vingt minutes plus tard, elle se regarda dans la glace après avoir appliqué son rouge à lèvres. Elle n'était pas mécontente du résultat. Elle avait appréhendé ce gala, le fait qu'elle devrait affronter une foule de mondains et l'ex-petite amie d'Ares. Mais c'était elle qui serait au bras d'Ares, ce soir. Elle qui vivait ici avec lui et était la mère de son enfant. Soudain, elle n'avait plus peur.

Elle se concentra sur le souvenir de leur baiser, des regards caressants et possessifs qu'il n'avait cessé de poser sur elle, et s'efforça d'oublier son étrange froideur à propos du bébé. Effleurant sa bouche d'un air rêveur, elle se convainquit qu'en dépit de tout tout irait bien.

Ares couvait Ruby des yeux. Elle était unique, merveilleuse et, à en juger par leurs regards envieux, les autres hommes pensaient comme lui.

Le musée d'Art moderne où se tenait le gala n'était qu'à un ou deux pâtés de maisons de sa demeure et, comme il faisait bon, Ruby avait insisté pour qu'ils s'y rendent à pied. À leur entrée, tous les regards s'étaient tournés vers eux.

Ares ne pouvait pas leur en vouloir. Il avait réagi de même lorsque Ruby avait descendu l'escalier, si belle avec ses longs cheveux noirs relevés en un chignon tressé, sa robe du soir en taffetas rose dévoilant une épaule, avec une courte jupe bulle. Elle portait un collier de fausses perles.

Une élégante l'avait contemplée avec étonnement.

— Qui a signé votre robe ?

— Gunne Sax, avait répondu Ruby, prononçant sans même sourire un nom au hasard.

Pendant l'élégant dîner de gala avec les amis et les connaissances d'Ares, de nombreux convives avaient manifesté de la curiosité à l'égard de Ruby, désiré lui parler. D'abord, Ares s'en était inquiété. Il ne connaissait que trop les gens de son milieu, qui savaient si bien sourire avec courtoisie tout en vous plantant un couteau dans le dos. Pour sa part, leur cruauté glissait sur lui comme l'eau sur les plumes d'un canard. Mais Ruby était si ouverte, si bonne ! Ils n'en feraient qu'une bouchée !

À sa surprise, elle s'était bien défendue. Sa gentillesse et son naturel l'avaient vite rendue populaire. Maintenant, alors qu'il lui apportait un cocktail de fruits, il éprouvait une tension toute virile en se remémorant leur baiser.

Il avait projeté de la mettre dans son lit et d'oublier ce fichu gala, mais l'incident de l'ours en peluche avait tout gâché. Cela lui avait rappelé le bébé. Son échec. Son défaut d'âme.

Tous les instants qu'il consacrait à la séduire sans lui dire qu'il la renverrait chez elle le lendemain seraient perçus par Ruby comme une trahison. Il n'avait pas éprouvé un tel sentiment de culpabilité depuis longtemps. Et il détestait ça !

Sans ce satané ours en peluche, il goûterait peut-être avec elle les délices de l'amour, au lieu de s'ennuyer à mourir et de voir tous les hommes la flatter.

— Qui est-ce ? lui demanda un ami, Cristiano Moretti, un nabab italien de l'hôtellerie. C'est la reine de la soirée.

Ares ne supportait même pas que cet homme *regarde* Ruby. Son ami était un coureur. Mais, si Ares flanquait un coup de poing à Cristiano et à tous ceux qui convoitaient Ruby, il en avait pour longtemps !

Il l'observa, au bord de la piste, entourée de gens. Un orchestre jouait un mélange de pop, jazz et *big band music* qui convenait à merveille à l'espace ascétique du musée d'Art moderne.

Il avait l'impression d'avoir passé une éternité à la désirer, et il était à bout de patience. Il la rejoignit et lui remit son cocktail de fruits.

— Tu t'amuses ? demanda-t-il.

Elle lui adressa un grand sourire.

— Je ne comprends pas la moitié de ce qu'on me raconte. À ce qu'il paraît, il n'y a plus moyen de trouver des nounous dignes de ce nom, et on s'ennuie à mourir à Monaco.

Alors qu'un morceau s'achevait, un couple quitta la piste. La très jolie blonde en fourreau gris les rejoignit, entraînant avec elle son compagnon. Ares serra les mâchoires en voyant son ex-maîtresse, hôtesse de la soirée et qu'il avait, jusque-là, réussi à éviter.

— Salut, Poppy.

— Merci d'avoir réservé une table, roucoula-t-elle. C'est un tel succès, ce soir ! Mais je n'en suis plus à une réussite près, continua-t-elle en ignorant Ruby et en exhibant sa main gauche ornée d'une bague. Tu sais que je suis fiancée ?

Ares considéra d'un air impavide le gros diamant qui, il en était sûr, n'avait en aucun cas pu être payé par le jeune homme à la coiffure hérissée qui escortait Poppy.

— Félicitations, dit-il.

— Merci ! s'écria Poppy en enveloppant son escorte d'un regard d'adoration. Angus est un génie musical !

— Il est chanteur ?

— Batteur, répondit Poppy.

Le jeune homme, qui avait un tatouage sur le cou et affichait un air rogue, la tira par la manche.

— Viens donc, *baby*, le bar nous tend les bras.

Mais Poppy se tourna vers Ruby.

— Qui est-ce ? demanda-t-elle, comme si cent personnes ne lui avaient pas déjà dit à qui elle avait affaire.

Ruby répondit avec un sourire chaleureux :

— Je m'appelle Ruby. Je viens de Star Valley.

— Star Valley ? fit Poppy avec un rire faux. Oh ! une petite serveuse de campagne ! J'espère que vous ne vous sentez pas trop perdue à New York. Mais ça ne durera pas longtemps, dit Poppy avec un sourire doucereux. Ares se lasse si vite !

Délibérément, Ares prit Ruby par la main.

— Cela durera plus que tu ne crois, puisque Ruby attend un enfant.

Poppy changea de mine, de façon presque comique. Elle regarda le ventre de Ruby drapé de taffetas rose, puis eut un sourire carnassier.

— Une serveuse ? Enceinte ? Quel coup de chance ! Du moins, j'espère que c'est un coup de chance, et non quelque chose de plus perfide. Oh ! pardon, fit Poppy, feignant la confusion. Vous ignorez sûrement ce que signifie ce mot. « Perfide »…

— Non, je le sais, dit Ruby en imitant le don doucereux de Poppy. Ça signifie qu'en cet instant précis vous vous mordez les doigts de n'avoir pas réussi la première à tomber enceinte de lui.

Ares réprima un sourire. Un à zéro pour Ruby, pensa-t-il.

Poppy plissa les yeux, puis demanda :

— Vous allez vous marier, je suppose ?

— C'est inutile, dit Ares.

— Ah ? continua Poppy, ragaillardie. Oh ! Ares, comment peux-tu amener à New York une pauvre fille enceinte et ne pas l'épouser ? Que comptes-tu faire ? L'installer dans quelque maison, comme si tu en avais honte ?

Furieux du tour de la conversation, Ares la foudroya du regard.

— Je n'ai pas honte…

— Vraiment ? fit Poppy en se tournant vers Ruby d'un air de sympathie. Alors ça vient de vous. Vous ne voulez pas l'épouser ?

— Je n'ai pas réellement pensé…, commença Ruby.

— *Tss, tss, tss*, coupa Poppy en s'adressant de nouveau à Ares. Tu ne veux pas l'épouser ? Bien qu'elle porte ton enfant ? Bien sûr, un engagement à vie, pour toi c'est inenvisageable. Je suis surprise de ta cruauté inutile. Enfin… peut-être pas si surprise que ça. Bonne chance, ma petite.

Là-dessus, Poppy disparut, entraînant son musicien hirsute. Ares regarda Ruby. Alors qu'un instant plus tôt elle rayonnait, elle semblait désormais presque éteinte et fuyait son regard.

— Oublie-la, dit-il avec rudesse. Danse avec moi.

— Je ne danse pas.

Il ignora son refus et l'entraîna sur la piste. L'orchestre jouait une ballade, lente et triste. Il l'enlaça, savourant le contact de son corps voluptueux.

— Mais si, tu danses.

Elle ne réagit pas. Il dut lui prendre la main et la poser lui-même sur le revers de son smoking.

— Ruby, reprit-il avec douceur, regarde-moi.

Lorsqu'elle céda enfin, son regard était triste et ses yeux humectés de larmes.

Il eut un choc. Il n'avait pensé qu'à satisfaire son désir égoïste, à son envie dévorante de la mettre dans son lit, à se protéger en la renvoyant. Pas un instant il ne s'était soucié d'elle. De ses sentiments.

« C'est pour ça que je ne peux pas te permettre de m'embrasser. Parce que j'ai peur que tu me brises le cœur. »

Avait-il le droit de la séduire sans éprouver d'amour pour elle ? Que ressentirait-elle demain quand elle se réveillerait dans ses bras et qu'il lui dirait qu'il ne voulait plus la revoir ? Que c'était déjà *programmé* ?

Soudain, il se sentit incapable d'agir ainsi. Il cessa de danser, et ils s'immobilisèrent parmi les danseurs qui tourbillonnaient.

— Ça ne marchera pas, dit-il.

— De quoi parles-tu ? demanda-t-elle d'une voix étranglée.

— Du fait que tu vives ici.

— À cause de ce qu'elle a dit ?

— Poppy avait raison, murmura-t-il. Je me montre cruel.

— Tu vas me renvoyer ?

Il détourna les yeux, tandis qu'elle soufflait :

— Je ne comprends pas. Je suis venue comme tu le voulais. J'ai fait tout ce que tu as demandé.

Que répondre ? Que ce n'était pas à cause d'elle, mais à cause de lui ? Qu'il avait pensé coucher avec elle et la renvoyer ensuite et qu'il voyait à présent qu'il était trop dangereux de jouer avec elle ? Qu'il avait réalisé qu'elle était une personne réelle, avec des sentiments ?

— Mes avocats préparent des documents légaux. Je fais mettre à ton nom mon chalet de Star Valley. J'ai créé un fidéicommis pour notre fille, et mis en place une généreuse pension mensuelle pour toi. Demain, lorsque nous aurons signé, je te renverrai chez toi.

— Pourquoi ne m'as-tu rien dit ? murmura-t-elle.

Il la regarda en face.

— Parce que j'avais l'intention de te séduire ce soir.

Ruby eut un léger soupir étranglé, et le fouilla du regard. Puis elle se détourna. D'un geste furtif, elle s'essuya les yeux. Lorsqu'elle releva la tête, son regard était froid.

— Merci de m'avoir donné raison, fit-elle.

Il se crispa, se remémorant ses mots.

« Je sais ce qui se passe lorsqu'un homme riche se lasse de ses engagements. Dans quelques jours, ou quelques semaines, tu changeras d'avis et tu me jetteras à la rue. »

Et alors ? pensa Ares. C'est précisément ce qu'il était : un homme riche. Pourquoi imaginer être différent alors que cela ne pouvait causer que vulnérabilité et souffrance ?

— Tu m'as menti, murmura Ruby. Je commençais à croire…

Sa phrase resta en suspens. Pivotant sur elle-même, elle se sauva, le laissant seul dans la cohue des danseurs.

— Ruby !

Elle ne s'arrêta pas. Comme elle sortait en trombe du musée, dans la nuit estivale, elle regarda en arrière et vit qu'il l'avait suivie. Ôtant ses sandales, elle se mit à courir. Nu-pieds, elle était très rapide. Il s'élança à sa poursuite sous les regards étonnés des passants. Ruby atteignit la demeure en le précédant de peu.

— Ruby ! appela-t-il.

— Arrête de me suivre, dit-elle, s'engageant dans l'escalier.

— Prends au moins l'ascenseur.

— Avec toi ? Plutôt mourir.

En la regardant gravir les marches quatre à quatre, il s'intima l'ordre de la laisser partir. Elle ne serait pas longtemps malheureuse. Demain, elle serait sur le chemin du retour, pour mettre au monde son bébé, et riche. Un jour, elle rencontrerait un autre homme, prêt à prendre soin d'elles deux.

Alors qu'il fixait l'escalier où elle avait disparu, il ne put supporter cette idée. Ruby *était à lui*. Il ne pouvait pas la laisser partir. En ascenseur, il atteignit le dernier étage avant elle. Il comprit alors pourquoi elle avait choisi le plus long chemin. Elle pleurait.

Ares la prit dans ses bras.

— Ruby, tu me rends fou, lui dit-il d'une voix embrumée. Dès que je t'ai vue, j'ai été incapable de penser à aucune autre femme. Je ne voulais que toi. Seulement toi.

Elle eut un léger hoquet, et leva sur lui ses yeux mouillés.

— Tu veux dire que… tu m'as été fidèle pendant tous ces mois ?

« Fidèle ». Ares n'avait pas pensé en ces termes. Mais il comprenait à présent que c'était vrai.

— Oui, avoua-t-il. C'est pour ça que je t'ai amenée ici. Pour te forcer à prendre soi de toi, bien sûr. Mais aussi parce que je te voulais dans mon lit.

— Mais, si tu me désires tant, pourquoi me renvoies-tu ?

— Parce que tu es dangereuse.

— Dangereuse ?

— Je ne voulais pas tenir à toi, mais j'y tiens, admit-il. Tu es différente des autres femmes que j'ai connues…

Lui renversant la tête, il prit sa bouche en un baiser implacable. Un instant, elle parut le repousser. Mais il refusa qu'elle s'oppose à ce qu'ils désiraient tous deux. Il la serra plus fort et donna un tour plus profond à ses caresses, enveloppant sa langue de la sienne jusqu'à ce qu'elle abdique dans un soupir, abandonnant contre lui ses seins ronds, son ventre, son corps.

Elle lâcha les sandales qu'elle tenait à la main et lui rendit son baiser avec fougue, comme si elle avait aussi désespérément attendu ce moment.

Il glissa les doigts dans ses cheveux, les libéra de leurs épingles, et la chevelure noire et brillante de Ruby se déversa sur ses épaules. La soulevant dans ses bras, il l'emporta dans sa chambre. Il tremblait de désir. Il voulait lui arracher ses vêtements et basculer avec elle sur l'immense lit, la prendre jusqu'à ce qu'ils jouissent ensemble, enfin…

Mais il devait se montrer doux. Elle était enceinte. Ce fut en tremblant qu'il la remit debout, et la délivra de la robe en taffetas rose, qui glissa à terre.

Son corps de femme enceinte était plus en chair qu'il ne l'avait imaginé. Elle ne portait pas de soutien-gorge. Il contempla ses seins opulents, le renflement doux de son ventre au-dessus du slip en dentelle qui gainait ses hanches pleines. Elle était magnifique.

Elle s'affala sur le lit comme si ses jambes cessaient soudain de la porter, et, en la voyant ainsi, seulement parée du slip en dentelle, il fut tenté de se jeter sur elle comme une bête. Il laissa s'attarder son regard sur ses seins généreux aux pointes roses si appétissantes. Il avait toujours pensé qu'elle était irrésistible. Mais à présent elle lui donnait l'impression d'être une déesse.

Ce fut au prix d'un immense effort qu'il se dépouilla de ses vêtements et la rejoignit. Comme elle se penchait pour prendre sa bouche, ses seins effleurèrent son torse musclé. Il éleva un globe vers ses lèvres et suça la pointe jusqu'à ce que Ruby halète de plaisir, les yeux clos.

Un élan de triomphe le souleva. Elle était à lui ! Ses doigts virils lui recouvrirent les hanches et il la souleva pour l'amener en douceur sur son membre durci et s'enfoncer peu à peu en elle.

C'était la première fois qu'il la pénétrait sans préservatif, et il laissa échapper un soupir de volupté. Elle remua les hanches d'un mouvement instinctif pour mieux l'accueillir en elle. Le peu de sang-froid qu'il lui restait s'envola, et en la possédant enfin après une si longue attente il oublia toute retenue. Elle réagit avec le même emportement, et après quelques poussées vigoureuses elle jouit dans un cri sauvage. Au comble de l'excitation, il se libéra à son tour, se répandant en elle avec un plaisir si aigu qu'il crut qu'il allait perdre conscience.

En douceur, Ruby s'effondra sur le lit. Les yeux clos, il attira à lui son corps moite et chaud, la tenant contre son torse nu, et la caressa avec tendresse dans la pièce éclairée par la lune. Elle était sienne. Ruby était sienne.

Ares n'avait jamais rien ressenti de tel pour une femme. Et il savait maintenant que, quel que soit le danger qu'elle représentait, il ne pouvait pas la laisser partir. Pas encore.

— Reste avec moi, murmura-t-il.

Elle se raidit entre ses bras.

— Je croyais que tu voulais que je m'en aille.

— J'ai changé d'avis. Je t'en prie, reste.

— Combien de temps ?

Il l'embrassa sur la tempe, humant sa senteur suave.

— Aussi longtemps que tu voudras.

Ruby tourna la tête pour le regarder, son beau visage à demi noyé par la pénombre. Puis elle sourit, les yeux brillants.

9.

Voilà, c'était fait ! Ruby, dans la nursery refaite à neuf, contemplait les lieux, la joie au cœur, en caressant son ventre de six mois.

Avec l'approbation d'Ares, elle avait redécoré *leur* maison, y apportant de la couleur et du confort, la transformant en vrai foyer. Mais ce dernier projet était son préféré ! Les murs de la pièce étaient maintenant d'un rose clair et gai. Le baldaquin avait cédé la place à un berceau blanc et l'agressif lustre de métal noir à un plafonnier orné d'animaux miniature. Le dressing regorgeait de vêtements de bébé, une table à langer avait remplacé l'îlot à accessoires. Il y avait une profusion de livres et de jouets en peluche.

Elle et Ares avaient trouvé leur rythme. Le matin, il partait au bureau. Elle s'occupait à la maison, prenait soin d'elle, allait aux rendez-vous du médecin. Ares rentrait souvent tard. Il avait des journées de douze heures, même le week-end.

— C'est le mauvais côté de la direction d'entreprise, lui avait-il dit. On travaille tout le temps.

— Mais tu aimes ça, avait-elle répondu, accusatrice.

Il l'avait embrassée en soufflant d'une voix rauque :

— Pas autant que de te rejoindre au lit en rentrant.

Il savait s'y prendre pour la séduire ! La nuit, elle se sentait si bien quand il lui faisait l'amour dans la pénombre sensuelle et délicieuse de leur paradis personnel ! Mais le jour…

Elle refoula ses pensées. Tout allait bien, se convainquit-elle. Elle commençait à se sentir chez elle dans cette ville. Au fond, New York n'était pas si différent de Star Valley.

Si certaines connaissances d'Ares, en particulier ses anciennes maîtresses, l'avaient dédaignée, d'autres s'étaient montrées amicales et curieuses de la connaître. Elle s'était fait quelques amies et, grâce à leurs conseils, elle s'était aventurée, pour remeubler la maison, à Brooklyn et même dans les villages des bords de l'Hudson River. Sa chasse aux jolis meubles l'avait passionnée, et aidée à occuper ses journées. C'était si bizarre de ne pas travailler !

Sa sœur avait fini par se manifester, comme Ares l'avait affirmé. Ivy lui avait adressé un court message :

« Merci pour l'argent des études universitaires. Je viens de m'inscrire à Boise State University. »

Depuis, elles se parlaient au téléphone, et Ruby espérait voir Ivy pendant les vacances, lorsque la naissance serait proche. Moins de trois mois la séparaient de la venue au monde de son bébé. Elle était heureuse. Réellement. Sauf que…

Ares évitait de parler de leur fille. Chaque fois qu'elle abordait le sujet, si elle insistait, il quittait la pièce.

Lorsque Ares lui avait demandé de rester, elle avait cru qu'il avait changé. Qu'il désirait peut-être une liaison avec elle, à défaut d'un mariage. Qu'il avait peut-être envie d'être un véritable père pour leur petite fille.

Elle lutta contre un afflux de larmes, se disant qu'elle aurait dû être reconnaissante de ce qu'elle avait.

Mais, après tous ces jours en compagnie d'Ares, toutes ces nuits dans ses bras, elle en était venue à le considérer comme un ami. Son meilleur ami, même. Elle avait découvert une facette de lui qu'il celait au reste du monde. Il savait être drôle, et même bon. Il lui arrivait d'être vulnérable. Il tentait de le dissimuler, mais il ne pouvait pas le lui cacher. Pas à elle. Puisqu'elle…

Oh ! mon Dieu ! pensa-t-elle, retenant son souffle. *Elle l'aimait.* Et ce n'était pas seulement parce qu'il lui faisait passionnément l'amour dans la tiédeur de la nuit. Ni parce qu'elle portait son enfant. Ou parce qu'il lui avait donné une maison et ne cessait de la gâter. Elle l'aimait pour ce qu'il était lorsqu'il n'y avait pas de témoins : un homme qui se souciait des autres, fût-ce en dépit de lui-même. Qui se souciait d'elle.

Mais Ares ne lui rendrait jamais son amour. Ce n'était pas dans sa nature. Son passé avait extirpé l'amour de son âme.

La gorge nouée, elle se retourna en entendant un coup à la porte. Ares se tenait sur le seuil de la nursery, en costume noir, un ordinateur portable sous le bras.

— Qu'est-ce qui ne va pas ? demanda-t-il au premier coup d'œil.

— Rien, affirma-t-elle en tâchant de sourire. Je suis heureuse d'avoir fini cette pièce. Tu pars au travail ?

— Oui.

— Un samedi ? J'espérais qu'on déjeunerait ensemble…

Il la rejoignit et lui donna un baiser, fixant les yeux sur elle comme s'il voulait ignorer le berceau, les jouets.

— Je serai là ce soir, souffla-t-il en lui effleurant la joue.

— Très bien…

Elle *aimait* Ares. Depuis qu'elle en avait pris conscience, cela l'étouffait. Elle avait toutes les peines du monde à s'empêcher de le lui dire.

Soudain, alors qu'il se détournait pour partir, elle sentit quelque chose qui, malgré elle, lui arracha un rire joyeux.

Ares se retourna en fronçant les sourcils.

— Quoi ?

Elle lui saisit la main et la posa sur son ventre, la recouvrant des siennes.

— Le bébé donne des coups de pied. Là, tu sens ? fit-elle avec un large sourire. Elle sera footballeuse ou ballerine !

Une expression émerveillée passa sur le beau visage aux traits durs d'Ares.

— C'est elle ?

— Oui, murmura Ruby.

Pour la première fois, il semblait s'intéresser au bébé. Aux prises avec une émotion profonde, elle tenta d'étouffer les mots qui lui montaient aux lèvres. Mais elle ne le put pas.

— Je t'aime, murmura-t-elle.

Ares leva les yeux, l'air interdit.

— Je t'aime, redit-elle malgré elle. J'ai essayé de m'en empêcher. Mais je t'aime…

Ares se ferma. Il retira sa main.

— Il faut que j'y aille…

Elle le suivit du regard, réalisant l'horrible erreur qu'elle venait de commettre. Jamais, au grand jamais, elle n'aurait dû lui avouer cela !

La voix de Mme Ford résonna dans l'interphone de la nursery.

— Un monsieur désire vous voir, madame.

— Qui ? demanda Ruby, saisie d'une étrange appréhension, appuyant sur le bouton dans un état second.

— Braden Lassiter.

Braden. Son ex-fiancé qui, voilà une éternité, l'avait abandonnée pour une carrière de joueur de hockey sur glace. Décidément, sa vie sentimentale était un désastre !

Elle réussit tant bien que mal à gagner, près de la cuisine, la pièce ensoleillée qui donnait sur le jardin. Dès qu'elle entra, Braden se leva du canapé. Il était grand, presque aussi large d'épaules qu'Ares, vêtu avec décontraction.

— Salut, Ruby.

— Salut, dit-elle avec lassitude, souhaitant déjà qu'il la laisse seule avec son malheur.

Elle se laissa tomber dans le fauteuil proche du canapé.

— Tu es venu me dire au revoir, paraît-il ?

Il se rassit, l'air peu réjoui.

— J'avais appris que tu vivais à New York, que tu attendais un enfant de ce milliardaire. J'avais eu l'intention de passer te voir au commencement de la saison. Mais pour moi elle est déjà terminée. On m'éjecte de l'équipe.

— On te chasse ? Oh ! non, Braden. Mais pourquoi ?

— Je n'étais pas assez bon, il faut croire.

— Je suis désolée, dit-elle, lui prenant la main. Je sais ce que ça signifiait pour toi…

— Je savais que je me sentirais mieux en te voyant, dit Braden avec un sourire. Tu m'as toujours remonté le moral. Au moins, je rentre à Star Valley avec de belles économies. C'est drôle… J'avais toujours pensé que si je revenais là-bas je t'y retrouverais.

Elle retira aussitôt sa main.

— Braden…

— Inutile de parler, je sais. Tu n'es pas avec lui pour son argent. J'espérais plus ou moins que c'était le cas. Mais tu l'aimes, n'est-ce pas ?

Les yeux de Ruby se remplirent de larmes alors qu'elle hochait la tête, la gorge nouée.

— Beaucoup ?

— Oui, murmura-t-elle avec douleur. Mais il ne m'aime pas. Ni le bébé. Et ça ne changera jamais.

— Pourquoi resterais-tu avec lui, alors ? dit Braden, soudain farouche. Tu n'es pas obligée de supporter ça. Il y a des tas de gens qui t'aiment, chez nous. Rentre avec moi.

— Quoi ? fit-elle, scandalisée. Je suis enceinte de lui.

— Cela ne signifie pas que tu lui appartiens. Tu as besoin d'un homme qui n'a pas peur de t'aimer. Qui n'a pas peur d'être un père. Et un mari. Rentre donc avec moi, répéta Braden en se penchant vers elle. J'étais jeune et stupide, je n'aurais pas dû te laisser. Si tu m'accordais une autre chance…

Un bruit sonore résonna dans la pièce alors qu'un ordinateur portable heurtait le sol. Ruby et Braden se retournèrent d'un air coupable. Ares se tenait sur le seuil.

Un instant, Ares resta immobile, submergé par les battements sourds de son cœur alors qu'il regardait celui qui, dans sa propre maison, faisait des propositions à *sa* femme. Soudain, les poings serrés, il avança.

— Non ! s'écria Ruby, s'interposant entre eux.

En l'entendant, Ares recouvra un peu de sang-froid. Ruby l'implorait du regard, les joues empourprées. Elle plaidait la cause de ce salopard, de ce voleur ?

Une rage sourde le submergea. Il regarda Ruby, son corps voluptueux et son ventre rond dissimulés en partie par un sweat-shirt jaune vif et un jean rose. Elle paraissait effrayée.

— Non, je t'en prie, murmura-t-elle.

Incrédule, il lâcha :

— Tu le protèges ?

— Je n'ai pas besoin de protection, répondit en se levant Braden Lassiter. Ce que je lui ai dit, je peux vous le redire en face, Kourakis. Si vous ne pouvez ni l'aimer ni l'épouser, Ruby mérite un homme qui en soit capable.

Pour un peu, Ares lui aurait fracassé le crâne.

— Braden, s'il te plaît ! Va-t'en, dit Ruby.

— Très bien, je m'en vais, concéda Braden, le regard adouci. Prends bien soin de toi, Ruby. Je serai à Star Valley.

Le solide joueur de hockey se retira en prenant soin de garder ses distances avec Ares. À juste titre. Ares était ivre de fureur et à deux doigts de lui sauter à la gorge.

— Que faisait-il ici ? demanda-t-il à Ruby.

— On l'a exclu de l'équipe. Il est passé dire au revoir.

— Il te suppliait de partir avec lui !

— Et ça te choque ? fit-elle, les yeux étincelants. Qu'un homme veuille réellement s'engager avec moi !

Ares prit une profonde inspiration. Il avait eu une matinée désastreuse. Elle avait commencé par des complications dans les négociations d'un rachat d'entreprise, qui l'avaient forcé à se rendre au bureau au lieu de paresser au lit avec Ruby.

Puis il y avait eu les coups de pied du bébé. Une émotion qu'il était incapable de gérer. Pour couronner le tout, Ruby lui avait dit qu'elle l'aimait. Il n'avait jamais désiré l'amour de Ruby, ne l'avait jamais quêté. D'autres lui avaient exprimé leur amour. Il en avait ri.

Mais il ne s'était pas attendu à réagir ainsi à la déclaration de Ruby. Il avait eu des sueurs froides. Comme si un ennemi s'était jeté sur lui pour lui mettre un couteau sur la gorge.

Il était impossible qu'il se laisse séduire, s'autorise à lui rendre son amour ! L'amour ? C'était le mot que les gens brandissaient pour vous manipuler. Vous faire du mal.

Son père l'avait rarement utilisé, et uniquement pour ses chevaux, ses chiens ou son club de football. L'avait-il dit un jour à ses maîtresses ? Ares en doutait. Il ne l'avait certes pas employé pour sa femme. Ou pour son fils.

Sa mère n'avait utilisé le verbe « aimer » qu'une fois. Dans une interview :

Mon fils est au loin dans un internat. Je l'aime tant.

Ares, âgé de douze ans, solitaire dans son dortoir, avait serré contre lui le magazine. Mais à son retour d'Europe, aux vacances, sa mère l'avait traité comme toujours :

« Tu n'es qu'un bon à rien ! Un égoïste comme ton père ! Je ne supporte pas de te voir ! »

L'amour, c'était Melice, achetée par son père. C'était Diantha lui jurant fidélité tout en se donnant à un autre.

L'amour, c'était baisser sa garde et permettre à l'ennemi de vous atteindre au point le plus vulnérable : le cœur.

Face à Ruby, Ares avait fui. Mais, pendant que Horace le conduisait au bureau, il n'avait cessé de repenser à ce qu'elle avait dit. Ruby *l'aimait*.

Ares avait vu sa tristesse lorsqu'il évitait la nursery et refusait de l'accompagner chez le médecin. Elle ne comprenait pas qu'il refuse tout lien émotionnel, affectif, avec elle. Avec le bébé.

Il ne cessait de revoir son visage bouleversé quand il l'avait quittée sans un mot.

— Ramenez-moi à la maison, avait-il dit à Horace.

Il ne pouvait pas la laisser ainsi, seule et brisée ! Puis, en arrivant, il l'avait pratiquement trouvée dans les bras d'un autre. Seule et brisée ? Tu parles !

— Si tu veux l'épouser, rien ne t'en empêche, dit-il.

C'était un coup bas, mais il cherchait un exutoire à son émotion trop forte.

— Pourquoi agis-tu comme ça ? demanda Ruby. Je nous croyais heureux…

— Nous le sommes.

— Alors, pourquoi étais-tu furieux quand j'ai dit que je t'aimais ? dit-elle en posant sur lui son regard lumineux. Pourquoi détestes-tu que je parle de notre bébé ? Pourquoi me repousses-tu ?

Ares ne répondit pas.

— Tu as raison, souffla-t-elle. Ça ne marchera pas.

Il la regarda, secoué.

— J'étais si heureuse quand tu m'as priée de rester ! J'ai cru qu'on avait une vraie chance d'être heureux, de former une *famille*. Mais maintenant…

Elle regarda les lieux qu'elle avait réaménagés avec tant de joie.

— À quoi bon cette maison, si je ne fais pas partie de ta vie ?

— Si, tu en fais partie, assura-t-il d'un ton abrupt.

— La nuit, peut-être. Mais, le jour, je ne suis pas ta femme. Je ne suis même pas ta maîtresse. Tu ne m'aimes pas. Et tu n'aimes pas non plus notre enfant, acheva-t-elle d'une voix qui se brisait.

Il aurait dû la laisser partir. Et pourtant…

— Je veux que tu restes, dit-il.

— Que je reste ? Comme un animal de compagnie ? J'ai besoin d'autre chose, Ares. Je t'aime. Pour toi, je suis un livre ouvert. Mais, toi, tu n'as rien d'autre à offrir que du sexe et de l'argent.

Elle allait le quitter, comprit-il. Comment la garder ? Il chercha le moyen qui donnerait à Ruby l'illusion de ce qu'elle désirait : son amour. Et soudain il sut.

Agrippé par la peur, il repoussa cette solution. Mais ce n'était qu'un bout de papier, après tout. N'était-ce pas ce que tout le monde prétendait ? Et, grâce à ce morceau de papier, aucun homme ne pourrait plus lui prendre Ruby. Elle accordait de la valeur au mariage. Et respecterait ses vœux. Quoi qu'il advienne.

Sa détermination à la lier à lui fut plus forte que sa crainte de renoncer à sa liberté.

— Ruby…, commença-t-il en ouvrant les bras.

Elle recula.

— Tu ne nous aimes pas, souffla-t-elle, au bord des larmes. Je n'ai aucune raison de rester.

— Laisse-moi t'en donner une, dit-il d'une voix rauque en l'enlaçant malgré sa résistance.

Il l'embrassa et, d'abord, elle se raidit. Puis, avec un soupir de reddition, elle l'attira plus près. Elle ne pouvait pas plus lui résister qu'il ne le pouvait lui-même.

Il s'écarta à demi et murmura contre sa bouche :

— Il faut que tu prépares tes bagages.

— Mes bagages ? Mais pourquoi ?

— Emporte un maillot de bain.

— Où allons-nous ?

— Tu prétends vouloir me connaître, dit-il d'une voix âpre. Laisse-moi t'emmener là où je suis né.

Le dévisageant, elle acquiesça avec hésitation.

Il éprouva un élan de triomphe. Si la pensée du mariage le déstabilisait un peu, il refoula ce sentiment. Il n'y avait pas d'autre moyen de la garder. Et il *voulait* la garder. À n'importe quel prix.

10.

Sous le soleil torride de la Grèce, Ruby s'étira dans sa chaise longue, près de la piscine à débordement qui se déversait dans la mer Ionienne. Derrière elle, sur l'île privée, se dressait la blanche villa Kourakis, plus imposante qu'une forteresse et plus luxueuse qu'un palais.

Elle avait été bâtie par le grand-père d'Ares, premier armateur de la lignée. Il avait lancé l'affaire familiale à Athènes, développée ensuite par le père d'Ares. Mais c'était Ares qui en avait fait un empire international.

— C'est pour ça que je suis un bourreau de travail, avait-il confié la veille, alors qu'ils étaient au lit, nus. Il faut toujours que je remporte la victoire. Même contre mes ancêtres. Chaque génération rivalise avec la précédente. C'est ça, la famille. Vaincre ou mourir. Manger ou être mangé.

Elle s'était efforcée de sourire.

— Toutes les familles ne sont pas comme ça. En général, les gens s'aiment. Ils se protègent les uns les autres.

— Dans ton monde à toi, peut-être, avait-il murmuré.

— Alors, entres-y avec moi, avait-elle soufflé.

Et ils avaient fait l'amour dans la chambre de maître, près du balcon qui donnait sur la mer. Ares lui avait arraché des cris de plaisir si violents qu'elle avait rougi ensuite, se demandant si la douzaine de domestiques avaient pu l'entendre. Ares avait ri de son inquiétude.

— Ils sont discrets, sois tranquille. Certains travaillent

ici depuis longtemps, et les disputes de mes parents leur ont appris à se boucher les oreilles. D'ailleurs, des cris de bonheur les surprendront agréablement.

— Tu as sûrement déjà amené des femmes ici…

— Jamais. Tu es la première.

Tout en paressant sur sa méridienne, Ruby pensait que cette escapade était une distraction de rêve. Mais ce n'était qu'une distraction. Que pouvait lui montrer Ares, ici, qui lui redonnerait l'espoir d'un avenir pour eux ?

Elle chassa cette pensée déprimante, et ferma les paupières, le visage offert au soleil, les pieds dans l'eau fraîche de la piscine. Soudain, une ombre passa devant elle.

— Alors, tu te prélasses ?

Elle ouvrit les yeux et découvrit Ares, follement sexy dans sa chemise en lin blanc et son maillot short taille basse.

— Donc, tu possèdes des shorts ?

— Ne le dis à personne, plaisanta-t-il.

— Ce sera notre secret.

— J'aime ton bikini, dit-il, le regard gourmand.

Elle esquissa un demi-sourire.

— *Tous* mes bikinis te plaisent.

S'asseyant près d'elle, Ares l'embrassa, caressa avec sensualité sa peau nue tiédie par le soleil. Puis, un long moment plus tard, il s'écarta en demandant :

— Prendrais-tu un verre avec moi sur la plage ?

— Quelle invitation cérémonieuse !

Ares ne sourit pas.

— Mais je suis d'accord, dit Ruby, qui ne comprenait pas son changement d'humeur et craignait qu'il ne lui annonce quelque chose qui lui briserait le cœur. Je vais juste enfiler une robe.

Le soleil commençait à descendre, striant d'orange et de rose le ciel en train de s'obscurcir, lorsque Ares descendit sur la plage avec Ruby.

Une table pour deux était disposée sur le sable. Deux domestiques souriants, en uniforme, patientaient.

— Notre auberge privée, si je comprends bien, dit en souriant Ruby.

Ares la fit asseoir, un domestique servit une eau pétillante au citron à Ruby, un verre d'ouzo à Ares ; et l'autre, ayant soulevé le couvercle en argent d'un plateau, révéla un assortiment de hors-d'œuvre : olives, légumes frais, fruits secs, feuilles de vigne farcies. Ensuite, sur un sourire, ils s'éclipsèrent.

Ruby était nerveuse, et sa nervosité s'accrut quand le regard ténébreux d'Ares se posa sur elle.

— J'ai quelque chose à te dire, annonça-t-il en lui prenant la main par-dessus la table.

— Quoi ? demanda-t-elle, déglutissant avec difficulté.

— Je t'ai menti.

Elle le dévisagea. Les cris des mouettes dans le ciel se mêlaient au grondement des vagues qui déferlaient sur le rivage, dans le crépuscule naissant.

— Menti ? lâcha-t-elle enfin. Comment ça ?

— Quand j'ai affirmé que je n'avais jamais été amoureux. J'ai aimé. Deux fois.

Ruby eut un coup au cœur. Il avait déjà aimé *deux* femmes ?

— À la fin de mes études secondaires, j'ai rendu visite à ma mère à Paris. Je ne l'avais pas vue depuis quatre ans, mais elle était trop occupée par sa liaison avec son professeur de tennis pour se soucier de moi. En revanche, lors de mon premier après-midi en ville, j'ai rencontré une fille.

— Une fille ? fit Ruby, jalouse malgré elle.

Ares eut un sourire cynique.

— Une belle Parisienne sophistiquée. Elle m'a vite déclaré qu'elle m'aimait. Je n'avais jamais entendu ces mots, alors, je l'ai crue. Je me suis convaincu que je l'aimais aussi. Et c'était sans doute vrai.

Il regarda la villa accrochée à la colline, puis reprit :

— Enfant, je m'étais juré d'être différent de mes parents. J'étais idéaliste. Je ne voulais pas coucher avec une femme à moins d'être vraiment amoureux.

Ruby ne put dissimuler sa surprise.

— J'avais dix-huit ans, dit-il avec un sourire en coin. Après un été de bonheur, j'ai découvert que Melice était une prostituée engagée par mon père. Il voulait faire de moi un homme, à ce qu'il a prétendu. Il voulait que j'arrête de croire à l'amour ou, pour employer son expression, que je cesse de me comporter comme une mauviette.

Ruby le dévisagea d'un air horrifié. Ares avait eu une jeunesse affreuse, en dépit de sa richesse. Il avait dû se sentir si seul avec deux monstres d'égoïsme tels que ses parents !

— Si tu voyais ta tête, dit-il avec un rire bas, sardonique.

Elle tenta de sourire.

— Et Ivy qui pensait qu'il lui suffirait d'être enceinte de toi pour que tu tombes amoureux d'elle !

— Je suis loin d'être une cible aussi facile, je le crains.

— Je sais, dit Ruby, tentant de gommer son amertume.

— Tu le sais mieux que personne.

— Je ne t'ai jamais considéré comme une cible !

— C'est ce qui te rendait différente des autres.

Ares marqua une pause et se servit un autre verre.

— Après cette histoire, reprit-il, je me suis lancé dans des aventures sans lendemain. Mais, avant ma dernière année de fac, l'été à Athènes, j'ai connu Diantha, une jeune fille douce et candide qui ranimait mes anciens rêves. J'ai cessé les aventures. Je comptais l'épouser, mais…

Il marqua un arrêt. Doucement, Ruby demanda :

— Que s'est-il passé ?

— Mon père est mort peu avant que j'aie mon diplôme…

Ruby eut les larmes aux yeux. Elle se rappelait ce qu'elle avait éprouvé à la mort de sa mère et murmura :

— Je suis désolée…

— Il est décédé d'une crise cardiaque parce qu'il avait bu et pris des drogues pour tenter de satisfaire deux femmes en même temps, lâcha Ares, qui continua pensivement : c'est sans doute la mort qu'il aurait souhaitée, d'ailleurs…

Ruby parut sidérée. De nouveau, il lâcha un rire bas, puis se versa encore un verre d'ouzo.

— En allant quêter le réconfort de ma bien-aimée, je l'ai trouvée dans les bras d'un autre. Sans le décès de mon père, je n'aurais jamais rien su. J'aurais épousé Diantha, même si on m'avait déshérité. J'aurais tout sacrifié. Je croyais que c'était ça, l'amour.

Ruby allait parler, mais il rejeta sa compassion d'un geste dur.

— Je n'ai jamais oublié cette leçon. Mes parents avaient eu raison de m'apprendre à ne tenir à personne, lâcha-t-il.

Elle serra la main d'Ares, répétant en désespoir de cause :

— Je suis désolée.

— Je voulais que tu saches qui je suis réellement, dit Ares.

— Je comprends, murmura-t-elle, la gorge serrée.

— Je n'ai jamais voulu redonner une chance à l'amour. Ni m'engager, continua-t-il en posant sur elle un regard brûlant. Jusqu'à maintenant.

Ruby ne réalisa pas tout de suite ce qu'il venait de dire.

— Je veux essayer, ajouta Ares. J'apprendrai peut-être à t'aimer. Avec le temps.

Les choses étaient donc censées se passer ainsi ? pensa Ruby, prise de vertige. Ares allait-il *apprendre* à l'aimer ? Quelque chose, en elle, semblait se flétrir à cette idée. Mais, s'il n'avait rien de mieux à offrir, ne devait-elle pas accepter ? Lui en être reconnaissante ?

— Et notre fille ? demanda-t-elle.

— Elle aussi, dit-il. Tu connais maintenant la pire part de moi-même. Je ne te reprocherai pas de me quitter. Pourquoi épouserais-tu un homme tel que moi ? Tu mérites mieux.

— T'épouser ? murmura-t-elle, les larmes aux yeux.

Ares la dévisagea pendant un long moment. Puis, se levant, il mit un genou à terre. Il tira de sa poche un petit écrin noir et l'ouvrit tandis que le couchant déployait des à-plats pourpres et écarlates à l'horizon.

— Veux-tu m'épouser, Ruby ? demanda-t-il doucement.

L'écrin contenait un diamant étincelant, mais Ruby ne s'en souciait guère. Levant les yeux sur le beau visage d'Ares, elle pensa qu'elle ne désirait que cela : être sa femme. Elle voulait épouser l'homme qu'elle aimait, et dont elle portait l'enfant. Elle le voulait plus que tout au monde !

— Oui, murmura-t-elle.

Il se leva :

— Oui ?

— Oui !

Elle se jeta à son cou, et pendant un long moment ils restèrent enlacés sur la plage tandis que le soleil, enfin, sombrait à l'horizon, telle une sphère de lave en fusion. Cependant, alors qu'Ares l'étreignait, elle se remémora ses mots.

« J'apprendrai peut-être à t'aimer. Avec le temps. »

Elle refoula farouchement son malaise. Ils seraient heureux. Oui, ils le seraient ! Ares l'aimerait. Sinon, elle avait assez d'amour pour deux. Pourtant, comme elle lui rendait passionnément son baiser, le diamant à son doigt lui semblait lourd et froid.

— Tu es si belle, souffla Ivy, les yeux embués. Je n'arrive pas à croire que tu te maries aujourd'hui.

Ruby prit une profonde inspiration. Ses longs cheveux noirs étaient ondulés — œuvre de sa sœur — et ornés de petites roses. Elle s'était maquillée elle-même. Wanda, la patronne de sa boutique vintage favorite, l'avait aidée à choisir une robe crème brodée de perles.

En trois jours, après le retour à New York, Ruby avait programmé elle-même une noce simple — une cérémonie avec quelques amis et Ivy, venue d'Idaho dans le jet d'Ares. Les fleurs venaient de la boutique du coin de la rue, Mme Ford se chargeait du buffet. Quant au lieu… Un sourire effleura les lèvres de Ruby. Enfin, la salle de bal servait à quelque chose !

Présentant le bouquet de roses saumon de la mariée, Ivy essuya une larme.

— Si seulement maman était là…

Émue à son tour, Ruby prit son bouquet.

— Je le voudrais aussi…

— Elle est peut-être présente malgré tout, continua Ivy. Quand je pense à mon ridicule projet de séduire Ares ! Tout ça à cause de nos dettes… J'étais idiote ! Merci de m'avoir arrêtée. Au moins, quelque chose de bon en est sorti. Ares a eu la chance de te rencontrer. Et je vais être tata ! J'espère que je tomberai follement amoureuse, comme toi.

— Vraiment ?

— Chaque fois que tu prononces le prénom d'Ares, on sent ton amour dans ta voix. Et il ressent la même chose, j'en suis sûre. Tu ne lui aurais pas donné ton consentement, sinon. Je suis si heureuse ! Personne ne mérite d'être aimée autant que toi ! s'écria Ivy en étreignant farouchement sa sœur.

Elle rejoignit au rez-de-chaussée les invités, et Ruby se regarda une dernière fois dans le miroir. La prochaine fois qu'elle reviendrait dans cette pièce, elle serait Mme Ares Kourakis.

Il apprendra à m'aimer. Tout ira bien.

Plutôt que de prendre l'ascenseur, elle descendit l'escalier dans ses escarpins très chics en essayant de dompter les battements de son cœur. Elle marqua une brève halte devant la magnifique salle de bal décorée de fleurs. Puis, tête haute, elle en franchit le seuil.

Les invités — Ivy, Dorothy, l'assistante d'Ares, Mme Ford, Horace, Georgios et sa famille, les autres membres du personnel et un ami d'Ares, Cristiano Moretti, un célèbre hôtelier — se levèrent et la contemplèrent avec des murmures admiratifs alors qu'un musicien entamait la *Marche nuptiale* à la guitare.

Mais pour Ruby un seul être comptait. Rayonnante, elle se tourna vers Ares, qui se tenait au milieu de la salle, près du pasteur. Pourquoi était-il si pâle, et avait-il l'air bizarre ?

Après une hésitation, elle longea l'allée jonchée de fleurs tandis que sur son passage on murmurait des mots approbateurs. Parvenue près d'Ares, elle fut sûre que quelque chose n'allait pas. Sous son hâle, il était blanc comme un fantôme. La vie semblait l'avoir quitté.

Ruby s'immobilisa. Tout devenait clair dans son esprit. Ares fuyait les complications. Et quoi de plus compliqué qu'une famille ? Un mariage ? L'éducation d'un enfant ?

Elle contempla son beau visage lugubre. Il se forçait à aller jusqu'au bout, c'était évident. L'homme de ses rêves la prenait pour femme comme on prend une purge.

La musique cessa. Ares fronça les sourcils en voyant qu'elle ne bougeait plus.

— Ruby ?

Ruby avait le vertige, son cœur battait trop vite, tout tournait autour d'elle. Qu'adviendrait-il de sa douce petite fille, élevée par un père qui *se forcerait* à l'aimer ?

— Je ne peux pas faire ça, dit-elle en levant les yeux.

Il y eut un mouvement houleux parmi les invités stupéfaits.

— Je ne peux pas, souffla-t-elle encore. Ça ne devrait pas se passer ainsi.

— C'est tout ce que je peux donner, dit-il, tendu.

— Je sais.

Ruby n'aurait jamais cru qu'elle pourrait refuser d'épouser Ares. Jamais de la vie ! Mais elle ne pouvait pas le contraindre à un mariage sans amour en sachant que, pour lui aussi, cela équivalait à une condamnation à perpétuité.

Il avait raison. Elle méritait mieux. Leur bébé méritait mieux, et Ares aussi. Tremblante, elle accomplit les derniers pas qui les séparaient, accompagnée d'un bruissement et d'un léger craquement. Elle avait laissé tomber son bouquet et écrasé les fleurs sous ses pas.

Parvenue tout près d'Ares, elle leva la main, la posa sur sa joue. Il ne bougea pas. Il semblait insensibilisé.

— Sois heureux, murmura-t-elle, des larmes roulant le long de ses joues.

Puis, de peur d'éclater en sanglots, elle pivota sur elle-même et quitta la salle de bal en courant. Ne supportant pas de rester là une seconde de plus, même pour monter prendre ses affaires, elle dépassa le grand escalier et, dans le placard d'entrée, prit son sac avec son portefeuille et son mobile.

— Ruby ! lança Ivy, qui sortait à son tour.

Je t'aime, Ares. Je t'aimerai toujours, pensait Ruby, qui obliqua vers la porte et sortit, suivie de près par sa sœur sous le ciel d'octobre. Elle jeta un ultime regard en arrière, vers le foyer qu'elle avait aménagé avec tant d'amour et d'espoir, et crut qu'elle allait défaillir. Mais elle ne pouvait pas s'effondrer ainsi. Elle devait être forte. Pour sa petite fille. Les mâchoires serrées, elle héla un taxi et s'y engouffra.

*
* *

Ares se tenait à la fenêtre de son bureau, au sommet de sa tour de Midtown. Tout en bas, la ville enneigée en cette fin janvier paraissait glaciale. Elle n'était pas aussi froide, pourtant, que son propre cœur.

Il jeta un coup d'œil vers sa table de travail où étaient posés un petit paquet ouvert, des journaux, le reste de son courrier. Le paquet contenait un mot de Ruby : « Ceci t'appartient », accompagné de l'énorme diamant serti de platine qu'il lui avait offert. Il se rappelait encore sa satisfaction lorsqu'elle avait dit « oui » et qu'il avait cru remporter la victoire.

Il ne lui avait rien caché de sa part d'ombre. Elle avait quand même dit « oui ». Mais elle l'avait quitté au pied de l'autel, sous les yeux de tous. Il avait offert tout ce qu'il avait à donner. Cela n'avait pas suffi.

Quatre mois avaient passé, mais il lui semblait entendre encore la voix douce de Ruby et son rire joyeux ; sentir contre lui ses lèvres pleines et son corps souple. Il n'avait pas oublié ses beaux yeux angoissés le jour de leur mariage. Ce regard l'avait transpercé jusqu'à l'âme.

Il avait réprimé ses émotions depuis qu'elle l'avait quitté. Mais, en voyant briller d'une lueur diabolique le diamant, il n'arrivait plus à ravaler sa souffrance.

Il s'était forcé à aller jusqu'au bout, à épouser Ruby pour ne pas la perdre.

Puis elle était partie. Ses amis, sidérés par la tournure des événements, avaient tenté de le réconforter. Seul Cristiano, qui au demeurant avait ses propres démons, avait accablé Ruby. Il avait emmené Ares au pub, ils avaient bu et Cristiano avait dit du mal de Ruby. Le lendemain de cette beuverie, Ares s'était réveillé avec une migraine épouvantable et un sentiment de désespoir. Il n'y avait rien à reprocher à Ruby. Son seul « défaut » était d'avoir vu clair en lui !

Et la maison elle-même semblait le provoquer. Il y avait des traces d'elle partout : ses vêtements colorés, l'odeur de son parfum… Il avait donné l'ordre de redonner aux lieux leur aspect d'avant, avec ce mobilier noir et blanc si austère. Y compris dans la nursery.

Il avait ordonné à Mme Ford de jeter les peluches, mais la gouvernante, rebelle, les avait envoyées à Ruby, à Star Valley, parce que le bébé en aurait besoin. Furieux, il l'avait chassée.

— Vous ne pouvez pas me renvoyer, avait-elle rétorqué, car je démissionne ! Je refuse de travailler pour un égoïste tel que vous !

Ruby n'avait donné aucun signe de vie depuis son départ. Trois jours avant Noël, Ivy avait téléphoné à Ares.

— Ta fille est née ce matin. Elle pèse trois kilos et demi. La mère et l'enfant se portent bien !

— Merci, avait-il lâché, gagné par la panique. J'arrive dès que possible.

— Euh, non, avait balbutié Ivy d'une voix bizarre. Je suis désolée, Ares, mais… Ruby ne veut pas que tu viennes.

Il frissonna. Son bébé avait un mois, à présent. Et il ne savait même pas son prénom !

Il avait transféré les titres de propriété du chalet à Ruby. Pour ce que ça avait servi ! Pas une fois le gardien ne l'y avait vue. Les gros chèques qu'il envoyait chaque mois allaient grossir le fidéicommis de leur fille. Il ignorait comment Ruby assumait ses dépenses quotidiennes.

Ares se rassit à son bureau, fixant le diamant. Ruby avait tenté de l'aimer, mais c'était une tâche irréalisable pour n'importe quelle femme, même avec un cœur aussi généreux que le sien. Il avait cru pouvoir la leurrer avec un faux-semblant en faisant d'elle sa femme, en lui promettant de l'aimer un jour. Autant proclamer l'imminente colonisation de la planète Mars ! Il aurait dû se douter qu'elle verrait clair en lui.

Décidément, il était peut-être stupide.

L'interphone grésilla, et son assistante lui annonça Poppy Spencer. Ares ne l'avait pas revue depuis le gala, lorsqu'elle lui avait présenté son fiancé punk rock et avait snobé Ruby. Que venait-elle faire ? se demanda-t-il en consentant à la laisser entrer.

La porte du bureau s'ouvrit et Poppy parut, en robe de cocktail et manteau de fourrure au beau milieu de l'après-midi. Écartant les bras de façon théâtrale, elle avança en s'écriant :

— Chéri, ce n'est pas possible ! On ne te voit plus à aucune soirée ! Tu es ridicule ! Décide-toi à sortir de ton trou !

Là-dessus, elle s'assit devant le bureau, croisant les jambes et tirant un étui à cigarettes de son sac en crocodile.

— Il est interdit de fumer, dit-il machinalement.

— Ne sois pas stupide, fit-elle en grillant une cigarette. Donc, ta serveuse t'a brisé le cœur.

— Elle n'a pas…

— Peu importe, coupa Poppy. Remets-toi, c'est tout. Si tu veux le savoir, j'ai eu une déception comparable. Mon fiancé est parti en Floride avec une groupie. Chéri, nous avons le chic pour nouer des liaisons avec des personnes qui ne conviennent pas.

— Qui ne conviennent pas ? répéta Ares, que le ton de Poppy agaçait.

— Des inférieurs. Nous les avons choisis parce qu'ils nous semblaient faciles à larguer. Et ils le sont, dit-elle avec un rire. Mais c'est humiliant qu'ils nous quittent les premiers.

Le cœur serré, Ares objecta :

— Je n'ai jamais pensé à Ruby en ces termes.

— Bien sûr. J'ai une solution simple et élégante pour nous mettre à l'abri de ce genre d'embarras : nous marier.

— Quoi ? s'exclama Ares, incrédule.

— Réfléchis. Nous nous ressemblons, toi et moi.

— Pas du tout !

— Bien sûr que si. Nous ne sommes pas faits pour les engagements. Nous aimons avant tout notre liberté.

— Comment peux-tu affirmer une chose pareille ? Je suis très impliqué dans mon entreprise. Alors que tu changes de job comme de chemise !

Poppy le dévisagea, puis aspira une bouffée de tabac avant de lâcher :

— Nous nous réfugions dans le travail et les sorties pour éviter d'éprouver les sentiments que nous voulons fuir.

Ares la fixa. Était-ce réellement le condensé de sa vie ? Travailler comme un forçat et collectionner les aventures qui n'avaient rien de mémorable ?

Il avait voulu éviter de souffrir. Il avait cru en connaître le moyen : bannir les sentiments. Il n'était pas étonnant qu'il ressente un tel vide, une solitude qu'il refusait de s'avouer.

Le soir où il avait rencontré Ruby, il avait été attiré par sa beauté, mais aussi par sa chaleur et sa joie de vivre ! Après son départ, même s'il n'avait pas voulu en convenir, il avait sombré dans la douleur de sa perte. En réalité, on ne pouvait pas échapper à la souffrance. En s'efforçant de la fuir, il n'avait abouti qu'à la faire grandir. Depuis le départ de Ruby, privé de sa présence, il s'était étiolé. Ruby était son soleil, son oxygène.

Parce qu'il l'aimait.

Ares lâcha un curieux soupir étranglé. *Il aimait Ruby.* Il s'était convaincu, pourtant, qu'il en était incapable. Que l'amour, en lui, était mort. Quelle folie ! Pendant tout ce temps, il l'avait aimée. Et il avait aimé leur bébé. Dès le premier jour.

— Chéri, qu'est-ce qu'il y a ? fit Poppy en se levant. Je te trouve bizarre.

Ares regarda autour de lui puis, saisissant Poppy par les épaules, il lui planta un gros baiser sur la joue.

— Merci, dit-il.

Puis il prit son portefeuille et son manteau.

— *Merci ?* lâcha Poppy.

— De m'avoir fait comprendre ce que j'aurais dû réaliser depuis longtemps. Je l'aime ! s'exclama Ares, envahi d'une joie soudaine, en traversant le bureau à grandes enjambées.

— Quoi ?

Il se retourna et clama, entendu de tous :

— Je l'aime !

La nuit était là lorsque le jet privé d'Ares se posa dans le petit aéroport proche de Star Valley et des montagnes enneigées. Une Land Rover l'attendait sur le tarmac.

— Merci, Dorothy, murmura-t-il.

Il avait appelé son assistante après le décollage du jet pour quêter son aide. Il avait besoin des gens, réalisa-t-il. Aucun homme ne pouvait survivre seul, sans jamais faire confiance à personne. C'était stupide.

Ruby lui pardonnerait-elle ? Le croirait-elle quand il lui dirait son amour ? Il pensa avec désespoir au beau joueur de hockey qui lui avait offert ce qu'il n'avait pas su lui offrir, quatre mois plus tôt. Et s'il arrivait trop tard ?

Quand il se gara devant le vieux mobile home, il eut un coup au cœur. Les lieux semblaient déserts, à l'abandon.

— Vous cherchez Ruby Prescott ? demanda un montagnard qui lorgnait son véhicule. Joli bijou que vous avez là…

— Savez-vous où elle est ? demanda anxieusement Ares.

— À sa nouvelle boutique, je suppose. Elle habite au-dessus avec son bébé. Un immeuble en brique à un étage. Vous ne pouvez pas le louper. Il est à côté de cet infernal Atlas Club.

En effet, Ares repéra tout de suite l'endroit en roulant

en ville. Des gens s'amassaient sur le trottoir, mais ils n'étaient pas venus danser au club. Au-dessus de la porte voisine, une enseigne au néon indiquait : Ruby's Vintage Delight. Garant son 4×4 deux rues plus loin, Ares se fraya un passage dans la foule et pénétra dans la boutique. Il regarda autour de lui, médusé.

Dans le vaste espace, des gens bien vêtus riaient et s'amusaient au son d'un petit orchestre. Des ballons colorés étaient accrochés au plafond. Des vêtements vintage et des objets de déco éclectiques étaient suspendus à de nombreux portants ou contre les murs de brique de la boutique, chaleureuse et vibrante de couleurs. Comme Ruby. Cela était sûrement son œuvre !

Puis il la vit, parée d'une robe rouge des années 1950. Ses longs cheveux noirs étaient retenus par un bandeau assorti à l'incarnat de ses lèvres. Elle avait les joues rosies, le regard pétillant tandis qu'elle regardait ses amis. Elle rit, puis embrassa le petit être qu'elle tenait dans ses bras.

Ares en eut la gorge nouée. Le bébé. Son bébé.

Il traversa la foule et les gens le reconnurent, s'écartèrent, murmurant son nom comme le premier soir. Il les ignora, il n'avait d'yeux que pour Ruby. Et, comme si elle avait senti sa présence, elle croisa son regard. Aussitôt, elle cessa de sourire. Son beau visage se figea.

Il eut un accès de désespoir. Jamais il ne lui avait vu une expression aussi vide, dénuée d'émotion. Il arrivait trop tard. Elle avait renoncé. Trouvé quelqu'un d'autre, digne d'elle.

— Que fais-tu ici ? demanda-t-elle.

Elle méritait de savoir, pensa Ares. Même si elle avait cessé de l'aimer. Mais il était dur de prononcer les paroles douloureuses.

Puis le bébé éternua dans ses bras, et Ruby baissa les yeux, sourit en caressant la tête duveteuse de sa fille.

Ares pensa qu'il avait tout perdu, perdu ce qui comptait à cause de sa peur, de ses dénis, de son orgueil égoïste. Il s'approcha et regarda sa fille.

— Elle est belle, dit-il.

— Oui, murmura Ruby. Je l'aime.

Il aurait voulu demander à Ruby si elle avait cessé de l'aimer, lui, mais les mots ne sortaient pas.

— Cet endroit est incroyable. Il te ressemble.

Ruby cilla, puis serra les mâchoires.

— Qu'es-tu venu faire ici ?

Ares embrassa du regard la boutique colorée remplie d'amis, remplie de tout ce qu'il s'était interdit de désirer parce qu'il n'avait songé qu'à se protéger derrière des remparts. Devant tous, il prononça avec humilité des mots simples venus du fond de son cœur :

— Parce que je t'aime, Ruby. Et je ne supportais pas de vivre une seconde de plus sans te le dire. Je t'aime.

Ces derniers mois avaient été une épreuve pour Ruby. Depuis la naissance de sa fille, elle se débrouillait avec de maigres ressources, et était privée de sommeil. Jamais elle n'avait été si lasse, mais également si fière.

Ce soir, elle inaugurait sa boutique pour signer la fin d'un rêve — son amour éperdu pour un homme qui ne le lui rendait pas — et le commencement d'un autre, qu'elle avait caressé pour elle-même et pour sa petite fille.

Elle avait toujours désiré avoir une boutique. Mais elle avait eu peur de se ridiculiser et d'aller à l'échec. En revanche, après l'échec de sa relation avec Ares, elle n'avait plus peur à son retour à Star Valley, quatre mois plus tôt. Avec les encouragements d'Ivy et de ses amis, elle s'était attelée à la réalisation de son objectif, lisant des ouvrages spécialisés, se préparant, rédigeant un projet. Puis elle avait sollicité un prêt auprès de son ami Gus, à la banque.

— Il était temps ! Tout le monde attendait que tu te décides. Tu vas faire fortune et la banque aussi ! avait-il déclaré avec un grand sourire, en se frottant les mains.

Nantie du prêt, elle avait pu louer un lieu en ville, à d'excellentes conditions consenties par le propriétaire, Paul Vence en personne. La location incluait un appartement au premier étage. Elle en avait réalisé la rénovation avec un coup de main de ses amis. L'ouverture de la boutique, prévue en décembre, avait été retardée par la naissance de sa fille. Avec la petite, dans cet appartement cosy bien à elle, Ruby avait passé le meilleur des Noëls. Enfin, presque…

Elle avait fait de son mieux pour ne pas penser à Ares. Et, si elle avait souvent pleuré, nul n'en avait rien su. Elle devait apprendre à vivre sans Ares, sans son amour. Elle n'avait pas le choix.

Elle avait redouté d'éventuelles « retrouvailles » avec lui. S'il était venu voir sa fille à l'hôpital, ne fût-ce qu'une heure, elle aurait risqué de perdre le peu de dignité qu'elle avait encore, de le supplier de rester. Le supplier de dire ce qu'il fallait qu'elle fasse pour qu'il l'aime, et aime leur bébé. Alors, elle avait affirmé à Ivy qu'elle ne voulait pas qu'il vienne. Elle était sûre qu'Ares avait éprouvé du soulagement. Il avait envoyé une pension mensuelle, qu'elle avait placée pour Velvet. Elle était trop fière pour accepter l'argent d'un homme incapable de lui donner son amour !

La veille, lors des ultimes préparatifs de l'inauguration, elle avait trouvé le diamant oublié dans un tiroir et le lui avait renvoyé. Cela l'aiderait peut-être à oublier. Cela la délivrerait peut-être des rêves torrides et des souvenirs doux-amers qui la hantaient.

L'ouverture de la boutique marquerait le début de sa nouvelle vie. Elle ne voulait plus être triste. De nombreux signes indiquaient que son entreprise serait un succès, car beaucoup d'habitants avaient quêté des invitations. Elle avait dû refuser du monde. L'épouse d'un riche homme d'affaires en vacances lui avait même offert de développer son affaire dans d'autres villes de la région. Elle avait décliné la proposition. Pour le moment…

Alors qu'Ares se tenait près d'elle et contemplait leur fille pour la première fois, elle le dévisageait, en état de choc.

Ares l'aimait ? Jamais, au grand jamais, elle n'aurait envisagé une chose pareille ! Même dans ses rêves les plus fous !

— Tu… Tu m'aimes ? balbutia-t-elle. Mais tu disais…

— Je sais ce que j'ai dit. J'étais un imbécile. Un lâche.

Elle regarda son visage ombré d'une barbe de trois jours, ses yeux cernés. Et elle secoua la tête, serrant plus près d'elle Velvet, qui dormait paisiblement.

— Tu n'aimeras plus, tu l'as dit. Pourquoi es-tu venu ici ?

En douceur, Ares la prit dans ses bras.

— Parce que sans toi j'ai vécu l'enfer. Et ça m'a ouvert les yeux. Ça m'a fait comprendre.

— Quoi ?

— Que sans toi rien ne vaut la peine. Ni ma fortune ni mon empire… Rien ! Tout ce qui compte, c'est toi. C'est vous deux.

Ruby fut sidérée qu'Ares prononce de telles paroles, en public qui plus est. Certains avaient sorti subrepticement leurs mobiles, pour poster sans doute ensuite des vidéos sur le Net. Ares ne semblait pas s'en soucier.

— Mais j'avais peur de te donner mon cœur, murmura-t-il. Je croyais que l'argent, les belles maisons, les jets privés et les diamants suffiraient à te retenir. Même lorsque ce joueur de hockey a eu le courage de t'offrir ce dont tu avais besoin. Est-ce que j'arrive trop tard ?

Était-il réellement possible que… Non ! Ares ne pouvait pas avoir les larmes aux yeux à l'idée de la perdre !

— Trop tard ? répéta-t-elle, dans un état second.

— Après ce que j'ai fait, je comprendrais que tu aies donné ton cœur à un autre.

Ruby laissa échapper un rire incrédule.

— À qui ? À Braden ? Il avait peur de rentrer seul à Star Valley, c'est tout. Il a reçu une offre d'engagement à Calgary et s'est empressé de partir.

Le souffle suspendu, Ares la fouilla du regard.

— Alors, il n'y a personne d'autre ?

— Juste ma boutique. Et Velvet, dit-elle en contemplant avec amour sa fille endormie.

Le beau visage rude d'Ares s'éclaira d'un grand sourire.

— Elle s'appelle Velvet ?

— Velvet Kourakis.

— Tu lui as donné mon nom ?

— C'était important pour toi, dit Ruby d'une petite voix. Et, même si on n'était pas ensemble, je n'aurais jamais manqué à ma promesse…

Tendrement, Ares caressa la tête duveteuse de leur fille. Puis il enveloppa Ruby d'un regard lumineux.

— Merci. J'aurais aimé aussi te donner mon nom.

— Je ne pouvais pas t'épouser en voyant ta mine à l'autel. Tu avais l'air *malade*. Je ne pouvais pas faire ça. Ni à toi ni à moi-même.

— Et tu as agi comme il le fallait, affirma Ares en posant une main sur sa joue. Je l'ai compris en te perdant. Tu as eu raison de me quitter. Tu mérites mieux, et le bébé aussi.

Des larmes humectèrent les yeux de Ruby. Maintenant qu'elle avait revu Ares, elle ne désirait que lui.

— Mais je peux être plus que ça, continua-t-il à voix basse. Si tu m'accordes une chance. Je t'aime tant, Ruby ! Si je pouvais quoi que ce soit pour que tu m'aimes à nouveau…

Secouant la tête, elle murmura avec un sourire tremblé :

— Non, tu ne peux pas. Car je n'ai jamais cessé de t'aimer.

— Tu m'aimes ? demanda-t-il avec une joie farouche.

Elle acquiesça.

— Mais je ne le mérite pas, lâcha Ares.

— Non.

— Je me suis comporté comme un imbécile.

— Oui. Mais… tu as des qualités.

— Ah ?

— Certes. Quand tu crois en quelque chose, tu te bats pour l'avoir. Et tu combats à la loyale !

— C'est une bonne chose ?

— Oui, si c'est pour nous que tu te bats.

Leurs regards se rencontrèrent. Lentement, Ares mit un genou à terre devant Ruby. Un murmure parcourut la foule.

Il sortit de sa poche un petit écrin en velours noir.

— Tu as rapporté ma bague ?

— Pas exactement, dit-il avec un sourire presque gai.

Et, ayant ouvert l'écrin, il présenta une mince bague de style édouardien, un rubis serti d'or filigrané.

— Un nabab des chemins de fer l'avait offert à sa fiancée il y a cent cinquante ans. Ils ont été heureux pendant un demi-siècle, selon le joaillier. Mais moi, cinquante ans, ça ne me suffit pas, Ruby. Je veux l'éternité.

Les yeux brouillés de larmes, Ruby le regarda par-dessus leur fillette assoupie.

— Acceptes-tu ? continua Ares, qui avait bel et bien les yeux humides, lui aussi. M'accorderas-tu l'éternité ?

Tous, autour d'eux, semblaient retenir leur souffle. Ruby sourit malgré ses larmes et murmura :

— Oui, et même au-delà.

Ce fut en rayonnant de joie qu'Ares lui passa la bague au doigt. Puis, s'étant relevé, il enlaça sa future femme et leur fille, et Ruby sut, avant même de recevoir son baiser, que mille éternités avec Ares ne lui auraient jamais suffi.

*
* *

Leur mariage eut lieu en juin, dans une prairie inondée de soleil des abords de Star Valley. Le pasteur, un vieil ami de Bonnie, acheva la cérémonie en lançant d'un air réjoui :

— Et maintenant vous pouvez embrasser la mariée !

Ares regarda Ruby, dont les cheveux noirs nimbés d'un voile de dentelle vaporeux prenaient des éclats d'or sous le soleil. Elle portait une robe en dentelle crème toute simple, et son beau visage rayonnait de bonheur.

Leur fillette de six mois était parée d'une robe en coton jaune. Sa tante Ivy la tenait fièrement dans ses bras, puisque la petite ne marchait pas encore. Le bébé, dodu et ravi, agitait les bras et riait, comme s'il savait que ses parents venaient de s'épouser.

Velvet n'était pas la seule à se réjouir, alors que le vent printanier agitait en douceur les feuilles des arbres. Tous les amis et les lointains cousins de Ruby venus de Cœur d'Alene saluèrent les mariés par des vivats. Ares aurait aimé pouvoir figer ce moment dans le temps, le prolonger éternellement.

Il attira sa femme entre ses bras.

— Tu me rends si heureux.

— Toi aussi, souffla-t-elle.

— Pas si fou, finalement ! lança Mme Ford.

L'ancienne gouvernante, en apprenant la réunion d'Ares et de Ruby, l'avait informé qu'elle lui accordait l'honneur de travailler de nouveau pour lui. Il l'avait fait venir, ainsi que d'autres amis et membres du personnel. Il aurait même invité Poppy pour la remercier de son aide involontaire — si elle n'avait pas été en croisière avec son maître d'escrime !

Sa femme lui prit la main.

— Nous serons fous ensemble !

Il eut un élan de fierté. L'affaire de Ruby était prospère. Leur fille se portait à merveille. Le chalet était devenu un foyer chaleureux et confortable. Le mois dernier, il avait proposé à Ruby d'installer le siège de sa compagnie en montagne, pour être près d'elle. Mais elle avait refusé. Elle connaissait sa passion pour New York.

Ils partageraient leur temps entre la Grande Pomme et Star Valley. Ce serait compliqué. Mais, alors que leurs amis lançaient des hourras, Ares se sentit impatient de vivre ce grand chambardement. Il avait mené une existence creuse et sans éclat, avant Ruby. Aujourd'hui, grâce à elle, il savait ce qu'était la vraie richesse : une femme, des amis, une maison, une famille.

— Je t'aime, lui murmura Ruby, souriant à travers ses larmes de bonheur.

— Je me souviendrai toujours de cet instant, lui souffla-t-il. C'est le jour où je commence à vivre.

— Où *nous* commençons à vivre.

— Oui, dit-il, la gorge nouée.

Mais il lui adressa soudain un sourire coquin.

— Au fait, ce soir, je te fais un deuxième enfant.

Elle eut un hoquet étranglé, vite étouffé par la bouche d'Ares, s'écrasant sur ses lèvres. Alors que leur baiser prenait un tour passionné, des applaudissements et des cris éclatèrent. Mais ils étaient seuls au monde, en cet instant.

La vie les attendait, faite d'orages et d'arcs-en-ciel, d'ombre et de lumière, de joies et de peines, et de tant d'autres choses. Au fond, si compliquée qu'elle parût, la vie était simple. Elle se résumait en un mot : amour.

Retrouvez en avril 2019,
dans votre collection

Azur

Le bébé du Sicilien, de Carol Marinelli - N°4070

ENFANT SECRET

Le jour où elle a quitté la Sicile et le mariage qu'on lui imposait, Sophie s'est juré d'être libre. Mais sous le regard du *signore* Bastiano Conti, qu'elle vient de rencontrer à Rome, elle se sent soudain... captive. Jamais elle n'a désiré un homme au point de s'offrir à lui. Pourtant, incapable de résister à la tentation, Sophie profite de l'instant présent et des caresses qui la chavirent. Elle ne se doute pas, alors, que cette passion irrépressible va changer son destin...

Une outrageuse proposition, de Cathy Williams - N°4071

COUP DE FOUDRE AU BUREAU

Cela fait deux ans qu'Abby excelle en tant qu'assistante personnelle de Gabriel. Une période durant laquelle elle s'est efforcée d'ignorer son charme ravageur pour se concentrer sur son travail. Aussi, le jour où il lui demande de l'accompagner chez sa grand-mère, Abby est-elle étonnée. Cette incursion dans la vie privée de Gabriel ne lui plaît guère... Or, son désarroi croît encore, lorsque, suite à un malentendu, son patron exige d'elle qu'elle joue auprès de sa famille le rôle de sa fiancée...

Mystérieuse Eleni, de Natalie Anderson - N°4072

À quelques jours de se marier à un homme qu'elle n'aime pas, la princesse Eleni savoure ses derniers moments de liberté, lors d'un bal masqué donné en son palais. À l'abri de son loup, elle se fait passer pour une mystérieuse inconnue pour Damon, l'homme qui l'a abordée. Oui, sous couvert d'anonymat, elle peut faire ce qui lui chante, et même, suivre ses désirs. Alors, quand son séducteur lui vole un baiser, elle le laisse faire, grisée de n'être qu'une femme, entre ses bras. Hélas, ses responsabilités royales lui reviennent de plein fouet, lorsque peu de temps après cette parenthèse insouciante, Eleni se découvre enceinte...

L'instrument d'une vengeance, de Maya Blake - N°4073

Sage a travaillé dur pour intégrer la Hunter Dance Company. Aussi est-elle ravie d'être invitée à une prestigieuse audition, sur une petite île de la Mer Égée. Hélas, parvenue sur place, elle déchante. Car l'homme qu'on lui présente comme le nouveau mécène de la troupe ne lui est pas inconnu. Xandro Christofides est à la recherche du frère de Sage, depuis que celui-ci lui a dérobé un bijou inestimable. Leurs retrouvailles ne peuvent être le fruit du hasard : à n'en pas douter, le milliardaire grec a décidé de faire d'elle l'instrument de sa vengeance...

Un héritier scandaleux, d'Angela Bissell - N°4074

Adopté lorsqu'il était enfant, Xavier de la Vega a tout fait pour mériter le nom qu'on lui a offert. Il a travaillé sans relâche, bâti l'empire qui fait sa fierté ! Aussi, le jour où une certaine Jordan Walsh lui dit connaître l'identité de sa mère biologique, Xavier est-il résolu à museler la jeune femme. Pas question de la laisser révéler au monde le secret de ses origines ni d'exposer sa famille à un retentissant scandale. Afin de la faire taire, il usera de tous les moyens – séduction comprise...

Amoureuse malgré tout, de Lucy Monroe - N°4075

Kayla est dévastée le jour où Andreas Kostas lui apprend qu'il compte se marier. Cela fait huit ans qu'elle aime en secret son ami et associé, et l'imaginer convoler avec une autre lui est insupportable. Pourtant, la situation prend un tour inattendu quand il lui propose d'être son épouse. Car d'amour, il n'est pas question : Andreas veut simplement qu'elle lui offre des héritiers ! Certes, Kayla a toujours voulu être la femme d'Andreas, mais ne risque-t-elle pas de souffrir auprès d'un homme qui ne partagera jamais ses sentiments ?

Prisonnière d'un roi, de Lynne Graham - N°4076

Prisonnière... Lorsqu'elle se réveille à Djalia, un royaume perdu en plein désert, Molly prend peur. Que fait-elle ici et pourquoi l'a-t-on enlevée à sa tranquille vie londonienne ? Alors qu'elle cherche des réponses, lui apparaît soudain le plus bel homme qui soit. Le roi Azrael Al-Sharif lui révèle qu'il n'a pas l'intention de la libérer de sitôt. Et pour cause : plongée bien malgré elle au cœur d'un scandale, Molly pourrait précipiter Djalia dans le chaos. Bouleversée mais résolue à recouvrer sa liberté, Molly décide de fuir...

Une secrétaire en robe blanche, de Jane Porter - N°4077

SÉRIE : *ALLIANCES INTERDITES* - 1/2

Randall Grant ne supporte pas les imprévus. Et en tant qu'homme d'affaires, il obtient toujours ce qu'il veut. Aussi, quand sa fiancée se volatilise le jour de leurs noces, est-il résolu à lui trouver une remplaçante, et vite. C'est sa timide secrétaire, Poppy, qu'il envisage soudain pour tenir ce rôle. S'il en croit l'émoi qu'il voit briller dans son regard chaque fois qu'il s'approche d'elle, elle pourrait être l'épouse idéale —, docile et dévouée. Reste à la séduire… Un défi que Randall décide de relever, en la conduisant au palais de Mehkar, dont il est l'héritier secret…

L'honneur d'Adir, de Tara Pammi - N°4078

SÉRIE : *LES ROIS DU DÉSERT* - 1/4

Future reine de Khalia, Amira a été élevée, éduquée, façonnée dans un seul but : contenter le prince Zufar, qu'elle épousera bientôt. Sa vie ne lui a jamais appartenu. Pas plus que ses rêves ou ses désirs. Du moins jusqu'à sa rencontre troublante avec le bel Adir. Si elle ne sait rien de cet homme qui a surgi dans sa vie, par une nuit étoilée, les sentiments qu'il fait naître en elle sont intenses et réels. Au point que, transportée d'amour, Amira s'abandonne à la passion entre ses bras. Une folie qu'elle ne tarde pas à regretter, lorsque la vérité éclate, menaçante : Adir n'est autre que le frère illégitime de Zufar –, et désormais également, le père de l'enfant qu'elle porte…

Une si douce parenthèse, de Miranda Lee - N°4079

Alors qu'elle assiste à un mariage en tant que demoiselle d'honneur, Kate ne peut s'empêcher d'être triste. Trouvera-t-elle l'amour, elle aussi ? Tandis qu'elle doute de sa capacité à plaire, voilà que le témoin du marié flirte avec elle. Un jeu de séduction qui bientôt embrase ses sens. Sous les yeux de Blake Randall, Kate se sent soudain plus vivante que jamais – belle et désirable. Grisée, elle cède bientôt à la passion, entre les bras virils de Blake, tout en sachant qu'il ne peut s'agir entre eux que d'une délicieuse parenthèse…

Chantage pour une princesse, d'Annie West - N°4080

En apprenant qu'elle est censée épouser le prince Raoul de Maritz, Luisa croit d'abord à une mauvaise plaisanterie. Comment pourrait-elle retourner dans ce pays qui n'évoque pour elle que de mauvais souvenirs, et épouser un homme qu'elle ne connaît même pas ? Hélas, alors qu'elle se refuse à quitter l'Australie et ceux qu'elle aime, le prince Raoul lui fait comprendre que, si elle ne cède pas à ses exigences, c'est toute sa famille qui en pâtira…

Composé et édité par HarperCollins France.

Achevé d'imprimer en février 2019.

CPI
BLACK PRINT

Barcelone

Dépôt légal : mars 2019.

FSC
www.fsc.org
MIXTE
Papier issu de sources responsables
FSC® C108412

Pour limiter l'empreinte environnementale de ses livres, HarperCollins France s'engage à n'utiliser que du papier fabriqué à partir de bois provenant de forêts gérées durablement et de manière responsable.

Imprimé en Espagne.